ΑΊΛΟΥΡΟΣ

поехать в С-пур

современная сингапурская литература

АНТОЛОГИЯ

составление,
перевод с английского
и предисловие

КИРИЛЛА ЩЕРБИЦКОГО

ailuros publishing
new york
2013

To go to S'pore
Contemporary Singaporean Literature
The Anthology
Translated by Kirill Cherbitski

Ailuros Publishing
New York
USA

Подписано в печать 12 ноября 2013.

Редактор Елена Сунцова.
В оформлении обложки использован рисунок Ng Xi Jie «Sea Song».

Прочитать и купить книги издательства «Айлурос» можно на его официальном сайте:
www.elenasuntsova.com

ISBN 978-1-938781-17-9

Чтение современной сингапурской литературы — путешествие от известного к неизвестному. Многие черты этого города удивительно совпадают с советской и постсоветской реальностью. Десятки лет однопартийной системы, ударный труд, всеобщая воинская обязанность, снос исторических кварталов по решению свыше, новостройки, где, чтобы оживить ландшафт, один дом ставился под углом ко всем остальным и, по словам голландского архитектора Колхаса, выглядел как упавший в обморок солдат... Все это мы легко можем найти в советской истории или в российской современности.

На фоне экономического подъема сингапурское общество постоянно сталкивалось с идеологическими и культурными парадоксами, такими как кампании в прессе против вестернизации или запрещение жевательной резинки. Возможность влиять на политические решения у граждан Сингапура была и остается ограниченной. Правящая партия сохраняет за собой 81 из 87 мест в парламенте, хотя за нее проголосовало только 60% избирателей.

Однако в последние годы смена поколений в правительстве, приглашение ученых и деятелей культуры со всего мира, доступность огромных объемов нецензурированной информации начали давать свои результаты. Произошло расширение культурного пространства, где можно пробовать альтернативные стили жизни и стратегии политического и культурного сопротивления. Уникальное сочетание черт глобализации и локальности делает сингапурское общество динамичным, а жизнь в нем — захватывающей и многообразной.

На этом фоне и возникает фигура современного сингапурского поэта. Это уже не государственный лауреат времен «национального строительства», но и не диссидент и критик режима, вынужденный в более позднюю эпоху обходить цензуру и непонимание коллег и соседей. Скорее, это поэт из современной нам субкультуры, который ориентируется в театрах и дискотеках так же хорошо, как в литературных фестивалях, читает свои стихи на вечерах в переполненных книжных лавках и издает сборники тиражом от двухсот до пятисот экземпляров, никогда не попадающие на Амазон. BooksActually — книжный магазин и одновременно культурный центр на маленькой улочке в более расслабленной и не-многоэтажной части Сингапура — напоминает многие аналогичные места в России, которые мы знали или знаем.

Тема сингапурской поэзии, прежде всего, город. Сингапур — столица без провинции, никакого «народа» вне города здесь нет, и отступать некуда. За поэзию здесь, разумеется, не платят, поэтому приходится работать в офисах, тогда с раннего утра, или же дома, и тогда, скорее всего, заполночь. Отличные оценки должны начинаться в начальной школе. Много читать принято, и ко времени написания первого стихотворения у будущего поэта внутри уже столько Вордсворта и Колриджа, сколько было Пушкина и Лермонтова у нас. Благодаря этому сохраняется знание классических стихотворных размеров, ритмов и строфики, не само собой разумеющееся там, где пишут в основном верлибром. Отказываясь от классических форм или деконструируя их, сингапурские поэты не теряют способности показать обаяние традиции — во внезапной и как будто случайной рифме или в безупречном сонете, в целях эпатажа вдруг включенном в поэтический сборник.

На улицах Сингапура звучит несколько языков — английский, китайский (их три, если отдельно считать мандарин, хоккиен и чаошань), малайский, тамильский, синглиш (местный диалект английского, на котором не всякий поэт сумеет написать что-либо, но говорит каждый таксист или уличный торговец). На всех этих языках, кроме синглиша, доступны огромные объемы информации в оснащенных по последнему слову техники библиотеках, в том числе информации сколь угодно критической. Сингапур финансирует обучение своих граждан в английских и американских университетах, не только точным наукам, но и, например, истории литературы, поддерживает приглашение зарубежных деятелей науки и культуры, и также, среди прочего, — поездки поэтов на литературные фестивали в Европу и США. Поэты при этом меньше всего похожи на официальных и маститых.

«Не исключено, что мы переживает нечто вроде Золотого Века Производства Культуры, — пишет поэт Энг И-Шен в статье "Время фестивалей". — У нас не было ни одного художественного фильма в 80-е, но уже в 2000 году их было снято четыре, а, скажем, в 2007 и 2008 годах по 24 в год. Только с 2004 по 2008 год общее число культурных и художественных событий выросло с 18 732 до 29 383, что означает рост на 54%. За этот же период финансирование культуры и искусства увеличилось втрое.<...> Из правительственных фондов на искусство и культуру идет около 333,6 миллионов долларов в год, что означает примерно 70 долларов на душу населения». Насчитав около тридцати культурных фестивалей за полгода, И-Шен продолжает: «Действительно, это похоже на иронию истории. Десятки лет мы стонали о том, что Сингапур в культурном отношении — пустыня. Сейчас, в эпоху изобилия, начинающие деятели культуры испытывают, подобно мне, ностальгию по бедности». Сам И-Шен часто выступает с чтением критических текстов и организовал летом 2012 года группу поэтического перформанса «Party Action People», название которой обыгрывает название партии, находящейся у власти в Сингапуре более пятидесяти лет, «People's Action Party».

Сингапурские поэты пишут «между страной / Которая не будет помнить нашей любви / И морем». Автор этих строк, Сирил Вонг, сказал по поводу вручения ему государственной литературной премии, что он очень рад, что премия присуждается поэту, который, во-первых, не скрывает своей гомосексуальности и, во-вторых, ни слова не написал о судьбах нации. Закон, по которому гомосексуализм считается преступлением, в Сингапуре до сих пор не отменен. Если продолжить сравнение с Россией, находимся мы сейчас в области сходства или в области различия? Во всяком случае, несколько сингапурских театров ставили вдохновленные гей-культурой спектакли задолго до того, как вопрос о прекращении криминализации сексуальных меньшинств начал обсуждаться в парламенте.

Тема «между», намеченная в приведенной выше строке Сирила Вонга, продолжается и утрируется в описании Сингапура у Энг И-Шена:

Город рожденный голодом
Город рожденный жаждой
Между землей с тучами комаров
И кишащим акулами морем
Город рожденный коммерцией
Здесь любимцы империй торговали своими товарами
Нефтью, пряностями,
Компьютерным софтом, рабами.

(Энг И-Шен. «Уважаемые пассажиры»)

Этим стихотворением Энг И-Шен открывал литературные чтения «Границы города», где выступали поэты младшего поколения, для них И-Шен, которому за тридцать, уже скорее мэтр. Начинающему автору в Сингапуре есть где читать свои тексты и есть где печататься. Изданий, публикующих современную литературу, здесь довольно много. Как и у нас, многие начинались в интернете и только со временем отчасти перешли на бумагу.

Журнал QLRS существует только в сети. Редактирует его То Хсиен Мин, поэт, учившийся в Англии и некоторое время бывший председателем поэтического общества Оксфордского университета. Хсиен Мину под сорок, он работает в банке в одном из высотных зданий в центре Сингапура. Мой вопрос о том, как удается совмещать работу и журнал, он понял с полуслова. «Многие просят меня продолжать делать QLRS, хотя я никак не давал им повода заподозрить обратное, — говорит он. — Разумеется, журнал будет выходить». Альманах Ceriph существует на бумаге и представляет, в основном, первые публикации начинающих авторов в сопровождении двух-трех текстов известных поэтов. Редакторы Вей Фен Ли и Винни Го меняют его формат из номера в номер, от нестандартного альбома с текстами и фотографиями до пяти мини-книжечек под общей полупрозрачной обложкой. Сингапурские микроиздательства, как и сами поэты, не считают дизайн книги чем-то второстепенным. Первое издание книги Элвина Панга «Город дождя» продавалось в непромокаемом футляре из плащовки на пуговицы, чтобы книгу не промочило дождем.

Элвин Панг подготовил и издал несколько антологий современной сингапурской литературы. Только одна из них — «Tumasik» — доступна в крупных сетевых книжных магазинах. Панг — один из немногих сингапурских поэтов, полностью зарабатывающих на жизнь литературным трудом.

«Наши поэты очень сильно чувствуют, что Сингапур — город и одновременно остров, — говорит Элвин Панг. — Помимо реальностей города наша литература постоянно исследует темы замкнутости и желания вырваться, того, что значит быть в пути, что значит сравнивать разные миры, что такое чувство безграничности в противовес ограниченному городскому пространству. Я часто писал о жизни в транзите, об ощущении отрыва от места, времени, идентичности как о состоянии, где возникает искусство, хотя бы даже от скуки... Внешний мир (хотя бы как абстракция) всегда рядом, у нас нет другого выхода, кроме как отвечать ему тем или иным образом, даже если это порой провоцирует ожесточенную и нарочитую ограниченность. Кто мы такие, в этом мире никак не предзадано, мы должны постоянно находить свои основы и ориентиры в контексте всегда более широком, чем наш собственный».

Сингапурская литература быстро меняется, как и сам город. Здесь нельзя вынести окончательных суждений, но можно перевести избранные тексты, пока они актуальны. Несколько таких переводов перед вами.

Элвин Панг

Поехать в С-пур

По мотивам стихотворения А. Загаевского
«Поехать во Львов»

Поехать в С-пур. С какого пути
в С-пур, если это не сон, под утро, весной, когда дождь
сверкает и гремит по железу.
Под утро, когда
метро, скоростные поезда, монорельсы
срываются с места. Спешить
в С-пур, второпях, в панике, собираясь
днем или ночью, в августе, в мае, всегда
слишком рано, спросонок, всегда,
только если С-пур существует. Если С-пур
может быть найден — где-нибудь здесь, в узких границах
этих проливов, но не только в одних
паспортах и печатях, плакатах, магнитных дорожках
электронных ключей. Уезжать,
пока туман еще стоит в ветвях после ливня, и запах
ангсаны и франжипани стелется в воздухе,
пока каналы хрипят
и булькают, как ругательства на хоккиене,
прячась под землю. Собрать свои вещи,
уехать, исчезнуть и никогда
больше не возвращаться домой между пятью и шестью,
закрыться от всего, как окна старых лавчонок,
пока по окрестным кафе
ящерицы продолжают
болтать о своей политике.
Но офисные башни всё выше,
прямые и несгибаемые, как законы,
и мы всё живем в их тени,
и кто-то ползет по стеклу, полируя поверхность,
и наша мечта
еще не сбылась, лишь бетон, и еще раз бетон, и еще
цветомузыка баров
над рядами мусорных баков,
трясущихся и ритмично звенящих

9

в такт ударам басов.

С-пура всегда слишком много. Никому не измерить
глубину его микрорайонов, никому не пройти
по железнодорожным путям между башен, никто не узнает,
как в полдень кирпичные стены трещат, раскаляясь под солнцем,
а ночью никто не услышит
мертвой тишины Shenton Way и безмолвия храмов,
где монахи хранят молчанье невидимых рек.
В Лян Сиа его история
окликает вас шагами в пролетах темных лестниц
и постукиванием жалюзи, проступает в китайской
небесно-голубой черепице, в запахе
лапши и яичных желтков,
в трещинах на фасадах, в зеленой
плесени, лезущей из заржавленных труб,
в ростках между плитами и разводах от сырости
там, где раньше стирали белье.
Эти улицы пели,
стуча в барабаны, и воздух
гремел, провожая процессию к храму. Давняя радость
наполнила улицы, перехлестнула мосты,
взлетела под самое небо огнем фейерверка
в честь новых времен, проживаемых снова и снова.
Народу столько, что в улицах не пройти.
Моя бабушка на балконе не может дозваться
моего отца, обед готов и дымится
в вечернем свете, соседи
кричат из окон или спускаются вниз
потолкаться в переполненных улицах,
поискать, что бы еще такое вкусное съесть
и на что поглазеть.
Мой дядя посадил себе зрение,
годами читая при свете свечи, поэтому отец
вместо него снаружи следит,
чтобы от фейерверка что-нибудь не загорелось.
Когда пришел инспектор санэпидемстанции,
мой дед сразу же предложил ему выпить
и наступил ненароком на пару тараканов,
чтобы их никто не заметил.
На этом дело и кончилось. Но и тогда
было слишком много С-пура, и трубы
переполнялись, выплескивая все обратно, а сверху
продолжал хлестать дождь, слишком много и все же

никогда не достаточно. Все здесь неудержимо
распространялось, росло, заполняло
формы, тянулось на голос любви, и уже
зеленый июнь пробивался
на каждом квадратном метре,
его пряди висят отовсюду и стебли торопятся ввысь.
А потом проулки смели́, расчищая место под небоскребы,
зеленые поля, пальмовые хижины, кампонги
среза́ли под корень,
башни вздымались над крышами храмов,
полные народа с чемоданами и кошельками, где брякал завтрашний день,
и кварталы смыкали ряды.
Каждый жил в кредит,
пытаясь выплатить хоть немного,
торопясь, в панике собираясь,
спеша стартовать
неизвестно куда, начать что-то свое, просто сдвинуться с места.
С-пур раздвигается в разные стороны,
С-пур вибрирует, чудом держась на ладони у моря,
меняет форму, течет, как слезы, приливы и ливни,
потоки под каждым квадратом его мостовой.

Кори Тан

Кто-то скажет, во льду

Мы живем на туго натянутом канате экватора. Сколько себя помню, моя жизнь состояла из чередования летнего зноя и муссонных ливней. Еле волочишь ноги по размокшей земле, шлепанцы вязнут в лужах жидкой грязи. Но я мечтала о снеге.

Снег должен был таять между пальцами, покалывая кожу, как алмазы или хрустальные иглы. Я распахнула бы дверь и побрела наугад, глядя на заснеженные деревья, на белые плоскости многоэтажек, теряющиеся в бесцветном небе. Я не верила в Санта-Клауса, но я верила в снег.

В девять лет мне объяснили, что у нас никогда не будет снега. Что-то в положении Солнца и планет нас подвело. Из-за нашей географии нам суждено всегда оставаться в метеорологическом чистилище без смены времен года. Я смотрела «Звуки музыки», и мое сердце сжималось от того, как Джули Эндрюс поет о снежинках, которые садятся ей на ресницы и на нос.

В одиннадцать лет я сделала коричневого снеговика из земли, которую достала из цветочных горшков. Горшки пришлось переворачивать, цветы были разбросаны по всему балкону — с оторвавшимися лепестками и торчащими к небу тонюсенькими корнями. Мой снеговик носил шляпу из свежей травы и опирался на палочку для еды вместо посоха. Отец велел мне идти в свою комнату и запретил включать телевизор.

—

На следующий день в воздухе почувствовался резкий пронзительный холод. Я прикоснулась к запотевшему стеклу, и на нем остались отпечатки моих пальцев. Наши кондиционеры нельзя было использовать для отопления.

Мама и я стояли на балконе, выдыхая клубы пара, пока у нас не замерзли руки и ноги. Отец весь день листал Откровение в поисках ответа и ушел к себе, ничего не сказав, потому что ответа не было. В телевизоре ученые и метеорологи вели горячие дискуссии, переходящие в драки. В Армии Спасения было еще полно одеял, свитеров и пальто, которые до этого долгие годы никто не спрашивал.

Первые снежинки появились в августе. Тогда их никто не заметил: случайность, неожиданный укол холода в мочке уха, легкий озноб, белая пыль на воротнике. Я не помню, когда автострады впервые заполнились остановившимся транспортом и почерневшими от копоти сугробами. Водители бросали свои машины и исчезали в облаках снега. Тропические деревья сгибались под его тяжестью. Уроки теперь заканчивались рано, учителя уезжали домой по переполненным заметенным дорогам, а учебники казались еще бесполезнее, чем раньше. Каждый день я долго брела через белесый туман, чтобы добраться до дома. Деревья склонялись до самой земли, их ветви изгибались и вздрагивали. Было тихо. Бабушка шла впереди в шубе и меховой шапке, протаптывая дорожку, слякоть и грязь разлетались в разные стороны. Клубы пара изо рта оседали на волосах и немедленно превращались в маленькие сосульки, звеневшие при каждом шаге.

«Этого не должно было случиться», — говорил отец. Я не отрываясь смотрела в белую муть за окнами. От моего носа на стекле оттаяла дырка. Отец опустил жалюзи и замолчал на несколько дней.

—

Снег шел уже три недели. Мама перестроила домашнее хозяйство. Вместо того чтобы вывешивать мокрое белье за окно на бамбуковых шестах, она привезла домой электросушилку. Я не знаю, где она ее достала. Сушилка была дорогая, снежно-белого цвета, с кучей лампочек и кнопок. Я включала ее каждый день.

От первой же просушки наши шарфы уменьшились втрое. Мама сильно расстроилась и до вечера ходила мрачная. На следующий день мы с трудом пробились сквозь толпу у торгового центра, стекло разбитых витрин хрустело под ногами. Когда охранники отвернулись, мы вытащили с верхних полок несколько оставшихся шарфов. Тогда я впервые увидела, что моя мама берет что-либо без разрешения. Шарфы были бурые, и один был недовязан.

Чтобы выбраться обратно, нам пришлось пролезать под красно-белыми лентами, я была в резиновых сапогах и все время шевелила пальцами, чтобы они не замерзли. На тротуарах громоздились свежие сугробы, но и на проезжей части снега было мне по пояс, я пробиралась по улице, словно идя вброд. Я вспоминала, как раньше мы ездили к морю по воскресеньям и как вода доходила сначала до щиколоток, потом до колена.

Дома была полная тишина. Отец сидел один в своей крепости из газет, разных изданий Библии и энциклопедий.

—

О нас больше не говорят в новостях, хотя снег идет третий месяц. Туристы посмелее топают по снегу в пустых парках, где раньше были тропические клумбы. Мы живем в заваленных снегом домах, по очереди прокладывая лопатой дорожки к подъездам. Мы перестали считать больных и умерших.

Я долго вытираю ботинки о коврик и сую шерстяные носки в сушилку. Мама соскребает со стекол морозные узоры. Мой отец сидит, положив одну ногу на обеденный стол. Он лечит свой отмороженный палец, похожий на выключенную черную лампочку.

Энг Си Цзе

$тратегические КПЭ x %Синергия% = Любовь

Мэри была одинока, и ей нужно было найти

партнера с подходящими для нее

>!> Стратегическими Целями <!<

то есть она хотела влюбиться

в кого-то, кто любит в дождливые дни рассматривать облака,

с кем можно ездить в Испанию,

всюду совать свой нос,

беситься,

прыгать

куда-
то

в

н

и

з

как Алиса вслед за Кроликом.

Это не входит в сферу ее обязззззззззанностей.

На своем офисном месте как референт (класс 3.14)

старшего менеджера класса 10 она эффективно

использовала Майкрософт Аутлук и Лотус Ноутс.

Она приходит на ресепшн в 8:47,

оказывается на рабочем месте в 8:48,

чтобы пойти пописать в 8:52,

встать в очереди в кафетерий в 8:55,

налить себе кофе в 8:58,

вернуться в офис, включить ноутбук,

подождать, пока загорится голубая лампа,

и сесть за стол, наготове, в 9:00.

Начальство проходит мимо, довольное.

                    Мотивированный работник, Мэри.

                    &&&

                    Мэри ищет свою любовь.

Потому что ее сердце желает чего-то большего,

чем отдельный офис,

протоколы заседаний

(9:57 + 10:23 + 11:45)

и коридоры, где люди проходят мимо друг друга,

растягивая губы в улыбке,

но не меняя выражения глаз.

Ее душа жаждет улететь

в леса, в океан, в небо

с тем, кого она любит,

и с кем она могла бы подумать об %%успешном оплодотворении%%.

Она прикидывает,

какие свои преимущ щ

                             щ

                                   щ

                                       щщ

                                     щества ()()

она могла бы использовать для решения этой задачи ()

Это сложный проект —

устойчивое соединение с сервером любви

с автоматической корректировкой внутренних ошибок;

но даже если транзакция будет успешной,

как убедиться, что цель достигнута?

444-Ключевым показателем эффективности-444

в данном случае являлся бы

                        Поцелуй *

по которому можно оценить так называемую степень взаимного влечения.

Ей было необходимо действовать быстро,

потому что ее бедра уже начали терять форму

от сидения в офисе по 9 часов в день.

Мэри провела ???брэйнсторминг!!!

который длился 13 дней и ночей, пока ее medulla oblongata

не подала ей сигнал, КАКИЕ РЫЧАГИ ОНА МОГЛА БЫ ИСПОЛЬЗОВАТЬ.

Теперь, создав многоуровневый фрэймворк

в рамках Стратегического Плана по Достижению Влюбленности,

она сумеет использовать имеющиеся возможности

с целью увеличения романтического настроя.

В своем любимом кафе

(которое, как она вдруг поняла,

было перегруженным сервером для тех,

кто искал ;;истину и

;;друзей)

она уже обратила внимание на одного мужчину.

Он читал Керуака —

ее любимого писателя

(и, может быть, любимого писателя всех референтов,

которых мучают старшие менеджеры класса 10).

Он тогда еще несколько раз взглянул на нее

заинтересованно " " " " " " " " " " " " " " " >

В глубине души она спрашивала себя,

не возможна ли

какая-либо

С. И. Н. Е. Р. Г. И. Я.

между ними.

Прежде всего нужно снова привлечь его внимание.

Но, мама, как можно заставить кого-либо

в себя влюбиться?

Она решила включить в свой график

ежедневное посещение кафе

с целью опять с ним встретиться.

Через 7 дней он пришел.

На нем были бежевые штаны

и красная вельветовая куртка.

Его волосы были взлохмачены,

а носки ярко-зеленого цвета.

Она в своей бесцветной рабочей одежде

G2000 и U2 и Джордано

была вся в черном и сером

только ее колотящееся {-{сердце}-}

трепетало, как ярко-алая птица,

у него на ладони.

Но как дать ему понять, что он может сделать первый шаг?

У них уже было нечто общее (роман Керуака!)

но ей несомненно следовало расширить сферу своей активности,

чтобы достичь ключевого показателя эффективности,

то есть Поцелуя,

и перейти в состояние

В з а и м н о й   Л ю б в и.

Она уже собиралась подойти к его столику,

когда какая-то женщина в лиловых ботинках

появилась с ним рядом

и поцеловала его, страстно слизывая

капли тыквенного супа с его черной бороды.

Мэри упала обратно на стул и уставилась в Бродяг Дхармы.

Она уже практически решила

вычеркнуть любовь

из своего календаря, когда вдруг

услышала голос

;;;;;;;;;;;;; «Хелло»

~

~

~

«Ты была здесь на прошлой неделе.

Я тогда обратил на тебя внимание...»

Он был совсем рядом, сидел напротив за ее столиком,

она вдыхала запах его чая из лимонной травы,

и чувствовала, как ее замерзшие легкие оттаивают.

«Я подумал, хорошо было бы с тобой познакомиться».

Мэри посмотрела ему в глаза.

Они были темно-зеленые и сияли.

Ей казалось, что она знает его давно.

В ее сердце звучал настойчивый сигнал.

«Ну хорошо, давай познакомимся».

«Меня зовут Джон».

«Меня зовут Мэри».

«Хелло, Мэри».

«Хелло, Джон».

\\\ & ///

Его синие волосы слегка светились,

и он смотрел на нее с восхищением

и нежностью. Когда он впервые

увидел ее в ее серой рабочей одежде

7 дней 2 часа и 19 минут тому назад,

он сразу понял, что это

не какой-нибудь офисный робот,

а комета, сверкающая, как цветок среди звезд.

Они смотрели друг другу в глаза,

и каждый впитывал ауру другого и десятилетия

персональной истории.

В молчании

было что-то умиротворяющее,

и Мэри чувствовала, что жужжание у нее внутри прекращается.

~

~   ~   ~

~   ~

~

~

Наконец Джон сказал:

«Я тоже люблю Керуака. Но у меня

не хватает времени читать, я еле успеваю

рисовать, работать на ферме, путешествовать,

дышать, ездить на велосипеде, пускаться в приключения,

жить в разных странах».

Ага, их цели оказались легко согласуемыми.

(Ее белая блузка от G2000 порозовела

и покрылась лазурными полосами)

                                        «Я тоже очень люблю...

                                                        ...все это».

(Ее черная юбка U2 превратилась в букет маргариток,

аромат которых наполнил комнату.)

Сдержанным жестом

Мэри положила перед ним на стол

папку со своим резюме,

где были указаны даже ее оценки

в начальной школе.

                                    «Прошу ознакомиться».

Джон не обратил никакого внимания на серебристую обложку.

Не сводя с глаз с Мэри,

он наклонился и выжал свежей лимонной травы

в ее горячий чай.

                                    «Принято к сведению».

Но Мэри нужно было узнать его лучше.

                          «Джон, кем бы ты
                          хотел стать
                          через десять лет?»

«Я хочу бросить работу и поселиться в Испании.

Рисовать и каждый день смотреть на облака».

(Ее сердце пылало. Ее часы Касио

превратились в соловья и улетели.)

Это было полное соответствие

ее &&&&&&&&&&&&&&&&&&&&&&&&&&&долгосрочной стратегии,

направленной на свободное антисекретарское существование!!

Но ее левое полушарие

не прекращало задавать вопросы принципиальной важности.

Оно хотело знать, окажется ли Джон способным на инновативные решения,

чтобы добиться успеха в условиях нестабильного рынка?

Сможет ли он увеличить добавленную стоимость,

став ключевым акционером ее холдинга?

Сумеют ли они опереться на достигнутый уровень страсти,

чтобы совершить качественный скачок в своем р@зв!/!тии?

Короче говоря, удастся ли ему обеспечить

высокий пожизненный уровень $УДОВЛЕТВОРЕНИЯ# ?

    «Как ты думаешь, спать друг с другом — это инновативный опыт?»

Джон не ответил.

Он смотрел на нее следующие 199 секунд,

и ее одежда стала шифоном, прозрачным как облака,

исчезающие в лазурном небе.

Ах, если бы она была властна над своим сердцем!

Последние бастионы корпоративного управления

плавились и растворялись в ~ `~ `~ `~`~

Оставался только один вопрос:

    «У тебя нет генетической склонности к одиночеству?»

Мэри хотела, чтобы он общался с ней каждый вечер.

Джон засмеялся. Он подошел и крепко ее обнял,

это было не похоже ни на что из того,

что ей приходилось переживать последние четыре года,

сидя на заседаниях, а потом до полуночи печатая протоколы.

В объятиях Джона время остановилось.

Мэри знала, что приближается Поцелуй,

и быстро подвела промежуточные итоги:

(зеленые глаза + рассматривать облака + Испания)

х

(Джек Керуак + велосипед)

х 89% (работать на ферме / рисовать)

+ (запах маргариток х 1969)

х глубокий вдох х глубокий вдох х глубокий вдох

= 97% возможность любви.

Итог: это любовь.

*

Она позволила поцелую произойти.

*

Поцелуй был на грани совершенства

*

^ ^   ^

— — — — — — — — — — — -

и в огромном множестве аспектов они соответствовали друг другу.

*

Так она достигла своих целевых показателей благодаря компетентностному
подходу,

так что степень устойчивости

ее взаимной любви с Джоном оказалась высока

и обладала достаточным коэффициентом эластичности.

*

Что-то у нее в голове еще пыталось

провести повторный анализ результатов полученных по критерию «Поцелуй»,

но вскоре эта мысль исчезла.

~

Мэри шла босиком,

ее волосы, уже не стянутые в тугой узел,

свободно падали ей на плечи,

и ее плечи не горбились за компьютером,

а распрямились, оттаяв у горячей печки по имени Джон.

Поцелуй унес ее

на самый край света

~ }

Потом они расстались,

обещав встретиться снова.

Через пять минут

он послал ей смс

«Красные розы, голубые фиалки, вокруг было темно, но я встретил тебя».

Она почувствовала себя как после хорошего сеанса кибер-велнес

и ответила ему мейлом со своего андроида

«Я люблю тебя (eom)»,

но к несчастью

в это время

она переходила дорогу,

и состоятельный банковский инвестор,

который как раз писал смс секретарше на айфоне 5,

сидя за рулем своего Ягуара ,

не заметил ее тонкую фигуру,

увенчанную цветами и одетую в тончайшие одежды

цвета голубой морской волны.

Банковский инвестор, занятый повторным анализом

ключевых показателей эффективности

и тем, как убедить партнеров

в согласуемости долгосрочных целей

в сфере их совместного влияния,

и стратегиями, необходимыми

для достижения должного баланса интересов,

врезался прямо в Мэри,

и все цветы сразу увяли,

и больше им не цвести.

То Хсиен Мин

Месяц голодных духов

В месяц голодных духов китайцы не покупают недвижимость,
потому что ворота загробного мира открыты, и его обитатели
толпами отправляются в свой долгожданный ежегодный отпуск
и, пролетая среди нас, оставляют на всем, чего ни коснутся,
явный знак неудачи. Из-за чего, как не из-за них,
лишился работы мой третий дядя, а четвертая тетя по матери
получила сотрясение мозга, въехав на своем потертом «Рено»
в почтовый фургон федеральной службы,
заставив чиновников гадать, что за несчастье
постигло их срочные конфиденциальные документы,
ни один из которых не был
согласием увеличить кому-то пособие
или, скажем, смягчить приговор.
Бывает и хуже. Все родственники считали, что именно из-за козней духов
погибла моя кузина, и никто не желал верить очевидному,
что ее самоубийство было следствием несчастной любви.
Когда я был маленьким, я думал,
что этот месяц нужно назвать месяцем не голодных, а зловредных духов,
но было глупо спорить со взрослыми и переспрашивать,
особенно если и так не дождешься, когда разговоры закончатся
и принесут блюдо с отварной курицей,
оставшееся от подношений проголодавшимся предкам.
Сейчас я уже сам могу спокойно заскочить ночью на темную кухню
в поисках сэндвича с яйцом, и не похоже,
что проникающий с улицы свет или даже карманный фонарик
позволят мне увидеть их более ясно,
потому что я в них больше не верю,
как не верили инки в испанские корабли посреди бухты,
потому что таких невероятных вещей не бывает.
Но, наверное, следует быть внимательнее,
переходя, например, улицу или прыгая с парашютом,
и, как бы то ни было, мне приятно думать,
что даже если мы в них больше не верим,
они все-таки верят в нас.

Отдел кадров в период кризиса

Выбор кандидатов для интервью — странная работа.
Ваш стол завален заявлениями и биографиями, и за каждой бумагой
чья-нибудь жизнь. Большинство не сдается, надеется получить свой шанс,
хотя однажды мне попался китайский ядерный физик, доктор наук,
знавший несколько языков и более десяти языков программирования,
который просил 900 долларов США в месяц
за позицию в маркетинге среднего звена.
Еще была недавняя выпускница университета,
которая написала, что выбрала нашу компанию не случайно,
но потому, что мы «известны качеством своих курсов повышения
                                                      квалификации»
и у нас «хорошая репутация в регионе»,
что было бы даже лестно,
не будь мы фирмой из 6 человек, основанной 4 месяца назад.
В конце концов, это превращается в чистый вуайеризм.
Вы угадываете страх в заниженных финансовых требованиях,
ворчите на очевидные просчеты,
ругаете тех, кто буквально на миллиметр не дотянул до нужного уровня,
улыбаетесь, видя следы упорного и энергичного самосовершенствования.
Вы смотрите на фотографии,
пытаясь встретиться с ними взглядом,
гадая, кем бы эти люди оказались при встрече,
даже когда выбрасываете их заявления в мусор.
Больше всего на свете, хотя шансов нет никаких, вы хотели бы дать им
все возможные шансы, надежду, лучшую участь, поле деятельности,
чтобы проявить себя без идиотской необходимости писать резюме
                                            бесконечными пустыми вечерами.

Вы желаете им этого
полностью сосредоточившись,
сконцентрировавшись изо всех сил,
пока в ваших глазах не поплывут,
как вспышки чего-то иного в вашей размеренной частной жизни,
искаженные, но совершенные линии Бриджет Райли*,
эти неотразимые тантрические полотна,
эти совершенно-несовершенные формы,
которые, если смотреть на них долго,
заслонят все остальное
и не оставят после себя ничего.

---

* Бриджет Райли (Bridget Riley) — британская художница, классик Оп-Арта.

Сирил Вонг

Закрой все окна

С тех пор, как появился интернет,
моя мама так ни разу и не сумела
сама к нему подсоединиться.
Каждый раз она звонила мне на работу,
и мы играли в испорченный телефон.

Она открывала столько окон,
что компьютер зависал,
и моя способность к логическому мышлению
отказывала, когда я пытался
в сотый раз объяснять ей одно и то же.

Но однажды я представил себе,
что она видит свое будущее
там, на дисплее,
и что я правда могу ей помочь
снова найти смысл жизни,
когда все ее дети
переселились в новые квартиры
с теми, кого они любят.

А теперь куда? — спрашивает она.
Попробуй еще раз, — говорю я,
прижимая мобильник к уху. —
Закрой для начала все окна
и скажи, что ты видишь теперь?

Облака

Эти облака не такие, как у Бодлера.
Они верят в любовь на расстоянии.
Облака показывают нам картины того, кем мы были, какими мы себя знаем.
Они иерархичны: тем холоднее, чем выше.
Некоторые из них любят уютно свернуться на лунном диске — так им удобнее.
Облака — заговорщики. Они обожают заключать договоры, а потом
                                          предавать своих.

Вздрагивают, когда мы поднимаем глаза вверх, корчат рожи.
Вдруг забрасывают огни города ввысь, не особенно церемонясь.
Любят фотографироваться, особенно в грозу, но никогда снова на том же месте
или в той же компании.

Часто их срывает прочь с неба, тогда небо становится ниже.
Облака говорят с вечностью, вечность не имеет к нам отношения.
Это всего-навсего облака, не обольщайся на их счет.

* * *

Мы сидим в машине, двое мужчин,
договорившихся о свидании в этом проулке,
и пока мы прижимаемся друг к другу,
машина трогается. Нам наплевать, хотя как-то понятно,
что это наш поцелуй заставляет ее двигаться.
Машина выезжает на улицу.
Позади тебя в окне я вижу своих родителей.
Они падают в обморок на тротуар,
закрыв лицо руками, как в оперетте.
По-моему, машина точно знает, куда ей ехать.
По пути количество падающих в обморок увеличивается.
Вот отец Арро, говоривший, что Бога
можно найти в каждом пне или в том,
что после утра обязательно будет вечер.
Вот другие учителя, которые выделяли нас,
потому что мы из кожи вон лезли, чтобы им угодить.
Вот твои родственники, которым еще предстоит
узнать о наших отношениях.
Здания, мимо которых мы проезжаем,
тоже начинают качаться.
Парламент разваливается. Памятник Морскому Льву
прыгает в море
и исчезает с неразборчивым всплеском.
Церкви, дорогие дома, магазины
при виде нас вздрагивают
и разлетаются на кирпичи.
Как-то получается, что мы все еще целуемся.
Твои глаза закрыты, мои широко открыты.
Наша траектория
приводит нас к берегу моря.
Машина въезжает прямо в волны.
Мы не в силах прервать поцелуя,

за стеклами плещет вода,
потом проплывают рыбы,
иногда кальмар заглядывает в ветровое стекло.
Это кончится только, когда мы доберемся
до самого дна, где никто — ни люди, ни камни —
не будут больше свидетелями
великого зрелища наших объятий.
Кажется, мы уже почти прибыли.
Нашу машину заливает водой,
теплой, как слюна во рту возлюбленного.
Мы пересекаем
галактику планктона, никак не реагирующего на наш поцелуй.
Вода нежно ласкает нам щеки.
Место назначения все ближе,
так близко, что мы чувствуем на губах друг у друга
бесконечную соль океана.

Джайянти Санкар

Читать в Сингапуре!

До сессии оставались считанные дни, и я подумывал над тем, как бы мне, наконец, начать учиться. Всю последнюю неделю я подолгу просиживал у себя в комнате, подбирая мелодии и доводя до совершенства два-три гитарных аккорда. Один вид рабочего стола вызывал у меня невыносимую зевоту. В надежде, что в библиотеке мне будет легче сосредоточиться, я решил поехать в главное здание на Виктория-стрит.

Пока я складывал ноутбук и тетради в сумку, мама, в последнее время редко с чем-то ко мне обращавшаяся, попросила взять для нее книгу на тамильском языке. Сама она старалась бывать в библиотеке минимум раз в неделю. Я советовал ей «Артемис Фаул» Колфера или книги Дэна Брауна, но она предпочитала «Узника Тегерана» Марины Немат, «Тысячу сияющих солнц» Халеда Хуссейни, «Диких лебедей» Юн Джан, «Женское купе» Аниты Наир и тому подобное.

«Слушай, у меня, наверное не будет времени рыться там на полках, аммаа», — сказал я по-английски. «Рагху, это одна из двух тамильских книг, выбранных в этом году программой "Читать в Сингапуре". Тебе ее сразу найдут», — ответила она как всегда по-тамильски. Она повторила название и имя автора. Хотя я неплохо понимаю свой родной язык, я сомневался, что все еще могу свободно на нем читать. Но разобрать имя автора и название, наверное, получится, подумал я.

Выйдя из автобуса у библиотеки, я увидел китайскую девушку, опускавшую том за томом в ящик для приема книг. Она тоже заметила меня и слегка улыбнулась. Я вспомнил, что ее зовут Сини, и что мы учились в одной гимназии. Я тоже улыбнулся ей в ответ. Она не сильно изменилась за прошедшие два года. На секунду я задумался, не подойти ли к ней, хотя в школе мы толком не общались. Она все заталкивала свои книги в приемник, и я решил, что лучше все-таки пойти в библиотеку.

У информационного стенда, как всегда, стояла очередь, большие группы посетителей переходили от стенда к стенду, держа в руках корзины для книг, как в супермаркете. Еще в вестибюле было полно детей, листавших книжки с картинками. «Это моя!» — мальчик лет шести пытался выхватить книгу у своего соседа. «Нет, я взял ее первый», — сопротивлялся тот, видимо, его брат. «Ш-ш-ш, — вмешалась их мама. — Да успокойтесь вы! Здесь нельзя кричать. Возьмем, оба читать будете».

Я поднялся по лестнице. В зале на каждой софе сидело по три-четыре пенсионера, углубившихся в газеты. Некоторые из них дремали, может быть, под влиянием прочитанного. На полу у стены расположилась группа школьников, которые явно притворялись, что учатся. Дальше начинались столы, заваленные папками и ноутбуками — царство студентов. «Вдохновляющее зрелище, — подумал я. — Где бы здесь сесть?» Я решил попробовать другой зал — внизу, рядом с кафетерием. И по дороге зайти взять мамину книгу, а то потом точно забуду.

Придя в индийский отдел, где были в основном тамильские книги, я увидел, как несколько малышей пытаются дотянуться до висящих на стене таблы, вины и надасварама. «Убедительная просьба воздержаться от игры на музыкальных инструментах, вывешенных в декоративных целях», — было написано на табличке, которую, видимо, добавили совсем недавно. Я вспомнил подростков, игравших на них — «дхум-дхум, дхуг-дхуг», — когда я заезжал в библиотеку в прошлый раз. Я понятия не имел, где здесь искать книгу, и написал маме смс по-тамильски: «мама я ее не найду, не могу, не читал два года». Она ответила: «Ты же учил язык 10 лет. В чем проблема?» Через несколько секунд пришло продолжение: «Ты сдал АО экзамен на отлично». Мне стало смешно, но я все же спросил, на какие буквы лучше искать. Она немедленно написала, что на САН или КАН. Когда я, наконец, добрался до полок, вокруг никого не было.

Я вспомнил уроки тамильского языка. Писать на нем сочинения была мука, потому что мы думали по-английски, и в тамильском нам не хватало нужных слов. Госпожа Раджан, учитель литературного тамильского, настаивала, чтобы мы читали романы или хотя бы короткие рассказы для расширения словарного запаса. Когда я начал читать по-тамильски, мне больше всего понравилась научная фантастика, например, романы Суджатхи.

«Прежде всего, вы должны понять, что тамильский не такой сложный, как вам кажется», — говорила госпожа Раджан. Но толку от этого было мало. На устных экзаменах мы не говорили, а с трудом переводили в голове каждую фразу. Фильмы на тамильском были переполнены сленгом, диалектами и темами из южной Индии, не имевшими никакого отношения к нашей жизни в Сингапуре. На уроки тамильского приходили, в основном, чтобы пообщаться с друзьями.

Мимо прошла работница библиотеки, сортировавшая книги. «Будьте добры, — обратился я к ней, — не могли бы вы...» «Посмотрите на полках, — сказала она, не дожидаясь, пока я закончу фразу, — или обратитесь в информацию». Некоторое время я глядел ей вслед, потом увидел между стеллажами индийскую библиотекаршу и повторил свой вопрос. «Вы уже смотрели в каталоге?» — спросила она. «Нет, — сказал я после паузы. — Спасибо, сейчас посмотрю».

Конечно, для этого мне нужно было правильно написать имя автора или название книги. Я переставил компьютер на тамильский шрифт и начал перебирать варианты. Сурийявамсам? Или Соорийявансам? А автор, кажется Са Кандасами, но как это пишется? Я все забыл, на хрена было учить язык, если не хочешь? Чтобы говорить, что у тебя классическое образование? Бред. Итак, Соо или Сууу? ОК. Суу. Я добавил пару значков над буквами. Ввод. Из букв не совпала и половина, но искалка все равно немедленно выкинула нужную книгу и номера по каталогу. В библиотеке было семнадцать ее копий, и я не мог понять, почему ни одной из них нет на полках. Я вздохнул и отправился в информацию.

По дороге я прошел мимо звукоизолированной комнаты, за стеклянной стеной которой сидели и читали несколько человек, как в аквариуме. Там еще были свободные места, но я подумал, что полная тишина и ледяной холод от кондиционера вряд мне понравятся. Дальше был зал, где книги валялись на полу, стульях, диванах или торчали в беспорядке со стеллажей. Видимо, здесь только что побывала группа дошкольников, и персонал пока не успел прибрать. Миновав еще несколько компаний читателей, флиртующую парочку на лестнице и множество занятых компьютерными играми подростков, я добрался до информационного стенда.

На стенде сидели две девушки, китаянка и малайка. Я сказал им, что ищу тамильскую книгу, только что выбранную программой «Читать в Сингапуре». Они попытались найти начальницу индийского отдела, но она была на больничном. Тогда китаянка, поколебавшись, сказала, что попытается мне помочь. «Пожалуйста, напишите мне название книги и имя автора. Большими буквами. Я постараюсь выяснить». Хорошо, что я догадался распечатать то, что мне выдала искалка. Я переписал все слова так хорошо, как мог, и дважды проверил все буквы.

За моей спиной уже выстроилась очередь, так что я не стал больше ни о чем спрашивать и пошел в кафе, где еще оставалась пара свободных мест. За стеклянной стеной были видны переполненные эстакады под отвесным солнцем.

Рядом за столиком малайская девочка лет семи допивала апельсиновый сок, пока ее папа говорил: «Одни картинки нельзя. Читать надо. Прочитаешь книгу, получишь звездочку. Десять звездочек, и мы пойдем в Макдоналдс. Без звездочек не пойдем». Он сказал это несколько раз, пока она наконец не кивнула — может быть для того, чтобы он перестал повторять одно и то же.

Я открыл тетрадь и углубился в векторную алгебру. Я не понимал, как китаянка найдет книгу, не зная языка. Может быть, она просто сказала это из вежливости. Я пару раз выглянул из кафетерия, и подошел сразу, как только она вернулась.

«Это нужная вам книга, сэр?» — спросила она. Я посмотрел на обложку. Буквы на ней были растянуты в причудливые зигзаги, попытка дизайнера быть посовременнее. Но я был практически уверен, что книга та самая. «Ее еще не отдали в зал. Извините за задержку». — «Как вы сумели ее найти? Вы знаете тамильский?» — «Да конечно нет. Я просто сравнивала буквы», — сказала она, садясь за свой стол. Почему-то я почувствовал себя виноватым. Как говорила госпожа Раджан, кому учить язык, как не вам?

Я еще долго сидел в библиотеке. Потом в автобусе вытащил книгу из сумки и прочел две страницы. Ни тему, ни сюжет понять было совершенно невозможно. С порога я протянул книгу маме и спросил, знает ли она, о чем этот роман. «Понятия не имею», — ответила она. «По первым страницам ничего не разберешь», — сказал я. Она посмотрела на меня в изумлении. «Ты что, пробовал ее читать?» — спросила она недоверчиво. «Да, пару страниц. Заглянул по дороге», — ответил я.

Эстер Винсен

Простите, кто вы по национальности?

Здесь, в Сингапуре,
нам всем не дает покоя
национальность.
Если мы встречаем кого-то,
кого нелегко
отнести к индусам, китайцам или малайцам
(то есть кого-то из категории «другие»),
мы умираем от любопытства:
какая у него национальность?

Вы откуда?
А ваш папа?
Он похож на футболиста Зидана
(и бреет голову).
А твоя мама правда из Вьетнама?
А что такое сингалезец?

В моем паспорте
с сингапурским гражданством
меня идентифицировали как «сингалезку»
и добавили по-китайски
雪明

Я, видимо, результат
взаимодействия двух культур,
их миров и историй,
о которых я ничего не знаю,
как не знаю сингальского языка.
Я знаю только, что они с Цейлона,
то есть Шри Ланки
(где растет чай),
и что они в основном буддисты
(я христианка).
Кажется, китайцев
я знаю лучше,
но часто проявляю скепсис и нетерпимость
и печальное отсутствие толерантности

в том, что касается их обычаев и привычек,
скажем, какой смысл вечно носиться с курительными палочками?

По-английски
мое имя значит
«яркая звезда»,
но на древнееврейском
меня звали бы Хадасса הֲדַסָּה,
и это означает «мирт».
А в переводе с китайского
меня зовут
«snow bright».

Я часто думаю
о том, кто бы мог быть
моими предками,
поскольку Цейлон
в разное время принадлежал
англичанам, голландцам и португальцам.
А по материнской линии
я наверное потомок конфуцианцев
и столпов Поднебесной.
Ну, и что в результате?

Простите, кто вы по национальности?
Я говорю,
что я сингалезка, потому что так говорит Google.
Но ты же и китаянка?
Наполовину.
Евразийка?
Понятия не имею.
Но ты христианка?
Да, меня крестили у англикан
(хотя мы относились скорее к харизматикам),
а потом водили в неконфессиональную церковь.

Сегодня на завтрак
я пила эфиопский кофе.
Его запах не менялся уже несколько столетий.
Он хорошо подходит
к *чар сиу бао*
и сэндвичу с яйцом,
изобретенному в 1762 (кажется) году

Джоном Монтегю, графом Сэндвич.

Простите, вы кто по национальности?

По какой национальности? — переспрашиваю я.

Адам Лью

Космический Латте, вертикально вверх

Богатый и сбалансированный вкус эспрессо, погруженный во вспененную дымку Млечного Пути, с легким добавлением кристаллов созвездия Козерога.

(Уважаемый Опустошитель Кофейных Чашек,
состав нашего Латте варьируется в соответствии с положением небесных тел. Если у Вас аллергия на крустацею, избегайте напитков, составленных под знаком Рака. Мы не можем принять на себя ответственность за последствия неумеренного или неосторожного употребления нашей продукции.)

Космический Латте — не классик нашего ассортимента, но продукт, ставший впервые возможным благодаря последним достижениям Сингапура в области коммерческой космонавтики. В отличие от стандартного Латте, интересного скорее как неубедительный предлог для быстрого и банального знакомства, Космический Латте создан для ценителей, которые желали бы увидеть всю Вселенную в своей кофейной чашке и почувствовать ее вкус за одну секунду и — прямо сейчас.

Эссенция Млечного Пути.

Хотя точные составляющие Эссенции Млечного Пути еще не установлены, нам удалось разработать напиток, вызывающий у потребителя иллюзию полного освобождения от силы тяготения.

Пенки.

Сбор пенок с небесных тел осуществляется при помощи миниатюрных ковшей, сделанных из лунного камня. Крайняя осторожность в процессе сбора позволяет не допустить их превращения в безвкусную звездную пыль. Мы собираем пенки в специальные углубления в бортах космических шаттлов, делая при этом все возможное, чтобы наши служащие не поддались чарам астральных сирен.

Космический Латте пьют без добавления каких-либо сиропов. (Разумеется, наша компания вводит в употребление также новые высококачественные сиропы.)

В заключение мы хотим еще раз подчеркнуть, что выступаем против привлечения ученых или экспертов и применения любых методов научного анализа к нашим напиткам с целью раскрытия их рецептов или описания их питательных свойств.

Андреа Анг

Черная звезда

> «К нам в Англию с моря приедет она на машине чужой,
> Посмотреть, как Лондон захлестывает снежный прилив,
> Как тонут в нем стены и башни, где гордо сияли
> Знаки единственно верной истории, сочиненной теми, кто правит.
> В этом мире лакеев она купит себе пистолет.
> Так приедет она из Индии, издалека, и взгляд ее будет полон любви,
> И глаза ее скажут, смотри, как взойдет моя черная звезда...»

Suede «My Dark Star»

Выдержки из речи Президента

Сограждане, мы не должны строить иллюзий по поводу нашего положения. Призрак близкой катастрофы преследует нас.

Но мы можем уверенно смотреть в будущее. Мы сделали все возможное, чтобы предсказать, что произойдет с нами, и составить отчетливую картину, в какой именно момент наш мир перестанет существовать. Если бы мы инвестировали еще больше, я бы мог точно сказать вам, когда к нам придет мессия, или упадет метеорит, или наш город захлестнет цунами, или землетрясение расколет мостовую, по которой мы сейчас ходим.

В этой связи я еще раз хочу подчеркнуть роль науки в нашей жизни. Науке следует доверять. Наши ученые ведут интенсивный поиск ответа на вопрос, что именно вызовет Катастрофу. И наступит ли она когда-либо вообще. И в любом случае я могу сообщить вам, что сравнительно недалеко мы обнаружили планету, которая очень похожа на нашу и может в крайнем случае принять нас и гарантировать, таким образом, наше существование. Мы назовем эту операцию «Трансплант».

Я еще раз призываю вас не терять веры в Белые Стены Империи и во все, чего мы уже достигли. Сограждане! Я уверен, что вам нечего бояться. Я твердо верю: мы выживем.

В конце концов, уничтожение — это не вариант. Мы не позволим этой вредной идее управлять нами! Наше будущее зависит от нас и только от нас! Катастрофа — это миф, и, как и всякий миф, она нереальна.

Из дневника

Я уже научилась здесь жить. Это не трудно. Странно, но здесь легче думается, чем снаружи. Здесь нет смысла бояться или тревожиться за себя или за кого-то еще. Но события последних дней все-таки преследуют меня, даже когда я говорю, что совсем не волнуюсь. Империя... Как они это называют, или как Он это называет... Да, Белые Стены Империи — такие полированные, такие совершенные. Даже здесь я чувствую запах хлорки. Здесь все чисто, стерильно. Никто тебя не трогает, никто не кричит. Нас хорошо кормят, еду подогревают на маленьких печках, которые топят углем. Иногда нам оставляют немного угля, это у них такой юмор. Черные кусочки угля. Для бедных и больных, для заразных. Для заключенных, как я.

Я знаю, что они хотят с нами сделать. Они называют это терапией, но я знаю, что они хотят с нами на самом деле сделать. Они мучают нас, заставляя постоянно смотреть на белые стены. Но я спрятала несколько кусочков угля, и могу теперь писать на стенах. Мазать черным, это помогает.

Если они узнают, что это я, они скажут, что я психически больна. Но я совсем не больна. Я просто еще верю в то, что они забыли, так же, как забыли, что такое вера, и интуиция, и религия. Они... То есть мы... Мы уже не можем отрицать, что центром нашей культуры стали страх и одержимая привязанность к идее собственной гибели. Я вижу, как мы сами роем себе могилу, настойчиво и прилежно, повторяя заклинания о процентах и капитале.

...Я плачу обо всем мире. Об Империи. О ее Белых Стенах.

Из дневника (отрывок)

...слышала голоса в темноте. Они говорили:

«Воистину, я создам новое небо и новую землю. И все, что было, забудут, и не вспомнят вовеки».

Я смутно помню, что читала это в каком-то древнем тексте. Это было давно. Наверное, я сошла с ума. Или это их методы начинают действовать?

Письмо Президенту (отрывок)

В прилагаемом документе содержится детальное обоснование нашего заключения о том, что в обозримом будущем Катастрофы не произойдет. Однако мы просим Вас продолжать снабжение энергией кораблей операции «Трансплант» в качестве дополнительной меры предосторожности — на тот случай, если наши выводы, как бы мы ни были уверены в обратном, окажутся ошибочными.

Из дневника (отрывок)

Это больше не шепот, это хор, который постоянно звучит у меня в ушах. Громко и настойчиво. Я действительно схожу с ума. Голоса повторяют снова и снова и снова:

«Калиюга... Пралайя... Калиюга... Пралайя... Калиюга... Пралайя...»

Теперь я хорошо понимаю, что чувствуют мои «сограждане».

Спустя всего несколько дней после своей знаменательной речи Президент снова обратился к нации с радостными известиями. В триумфальном выступлении перед миллионной толпой на площади перед Домом Правительства Президент уверенно положил конец слухам о Катастрофе. Он объявил, что Катастрофа — это миф, что подтверждено заключением ученой комиссии, присланном ему два дня назад.

Президент также подробно остановился на том, как он принял решение прекратить операцию «Трансплант», не видя более необходимости тратить государственные средства на потерявший актуальность проект. Он призвал всех сограждан полностью положиться на его решение, поскольку под его руководством мы все вместе не раз преодолевали самые трудные времена.

«Я счастлив сообщить вам эти известия и убежден, что настало время обратиться к новым задачам и продолжить движение вперед, — сказал он в заключение. — Бремя Катастрофы больше не угнетает нас, мы свободны».

Несмотря на снежную и холодную зиму, эти слова согрели сердца собравшихся, чья радость и ликование отзывались далеко за Белыми Стенами Империи.

Из дневника (отрывок)

Я больше не могу спать. Я постоянно слышу шепот и голоса. Но теперь к ним прибавляются еще... картины... видения. Я правда психически больна? Я не понимаю. Я не знаю, кто я. Мне все равно.

Все время я вижу одно и то же. Женщину. Это великанша. Она проходит сквозь Белые Стены Империи, уничтожая все на своем пути. Я стою и смотрю на нее широко раскрытыми глазами. Я вижу, как она идет мимо, величественная в своем молочно-белом одеянии, волочащемся по снегу.

Все кончается здесь. Я не знаю, пощадит она меня или нет.

Из обращения Президента к нации (отрывок)

Сограждане, не верьте тому, что вы слышали от этих людей. Это бессмысленная ложь, поэтому мы их изолируем. Помните, как когда-то в старые времена мы отказались от крайностей аскетизма. Эти люди стремятся расколоть нас и посеять страх. Помните о выводах ученых, помните о нашей вере в Белые Стены. Будьте тверды. Я с вами.

Из дневника (отрывок).

...пол под ногами вздрагивает. Она пришла.

Зима.

В штормовом океане волны с грохотом сталкиваются, образуя чудовищные водовороты. Их поверхность вдруг рвется и с огромной силой раздвигается. Женщина-титан в молочно-белом одеянии поднимается из глубины. Ее шлейф волочится по волнам и ритмично колышется в бурных потоках. Ее спутанные и обледеневшие серые волосы развеваются под порывами дикого ветра. Она торжественна в своем платье, очерчивающем ее полные груди, тяжелые бедра, мощные плечи.

Она идет. Земля под ее ногами кажется уступчивой и мягкой. Она идет, и волны, огромные как цунами, катятся следом. Перед ней возвышаются Белые Стены Империи, словно желая остановить ее, полированные и совершенные. В них все, что смогли создать прогресс и наука. Но она проходит сквозь бетон, не замедляя шага. Для нее эти стены ничего не значат. Мир принадлежит ей так же, как он принадлежал ей всегда. В сущности, она и есть мир.

Каждый взмах ее руки собирает черные тучи, и молнии бьют в засыпанную снегом землю, сжигая все, что может гореть. Перед ней всё разбегается в ужасе. Шум и крики подобны слабому эху в ее ушах. Над землей разносится механический голос, он повторяет: «Сограждане, не поддавайтесь панике! Верьте в Белые Стены Империи! Это не Катастрофа, это не...» Но скоро и он тонет в общем хаосе.

Стены горят и распадаются в прах. Даже ее платье тлеет, в то время как всё вокруг нее исчезает в пламени. Всё становится пеплом, черным пеплом, перемешанным со снегом. История и память — речи, записи, книги — гибнут вместе с их смертными создателями. Она движется, и с каждым шагом ее бесцветное одеяние все больше рвется и сгорает. Торжественная в своей наготе, она собирает жемчужно-серый пепел. В ее ладонях весь мир — свидетельства славы и жестокости, кровавых войн, красоты и искусства, технологии и прогресса. Ее дети.

Ее бесцветные глаза полны слез. Это больно. Но она должна. Должна.

Должна разрушить мир, утерявший свою чистоту. Она идет на край света, как паломник, бережно держа в ладонях серебристо-пепельные останки. Дойдя до линии горизонта, она останавливается.

Вокруг нее безмолвие и покой. Она стоит одна, глядя в безграничный космос. Медленно и осторожно она разводит руки и разжимает ладони, полные легкого хрупкого пепла. Пепел летит, поднимаясь выше облаков, за пределы атмосферы, пропадая в глубинах Вселенной. Она смотрит вслед хлопьям пепла, терпеливо ожидая, когда они исчезнут, окажутся на свободе, вдалеке этого мира.

Они улетели. Она улыбается и медленно, медленно вбирает в себя все, что ее окружало: изборожденную трещинами землю, бурные воды, беспощадное пламя, ветры и циклоны. И как легкое дуновение ветра, она сама обращается в прах, исчезающий в безграничной дали.

Все завершено.

Но на этом ничто не кончается, потому что теперь, медленно и безмолвно, через миллионы лет, частицы пепла образуют новый мир.

Такой, каким любая планета была в начале.

Party Action People*

Оккупируй меня!

Оккупируй меня!
— Оккупируй меня!

Пришли свои подразделения,
свои танки,
свой спецназ,
свои истребители,
своих велосипедистов,
своих призывников!

Вторгнись в меня!
— Вторгнись в меня!

Захвати мой флот,
разрушь мои монументы,
мои дома,
мои библиотеки,
мои начальные школы.

Пройди весь город!
Пусть твои автоматчики ворвутся в наши магазины!
Заминируй украшенные драконами песочницы моего детства!

Сгони политиков в кучу! Надень на них кандалы!
Сравняй с землей парламент! Подвергни пытке министров
и сделай своей марионеткой того, кто сломается первым!

Колонизируй меня!
— Колонизируй меня!

Пришли мне своих мигрантов,
своих гастарбайтеров,
своих пророков,

---

* Ср. «People's Action Party» — название партии, находящейся у власти в Сингапуре около 50 лет.

своих проституток,
своих больных,
своих бандитов,
своих беременных женщин,
своих одаренных детей.

Заставь нас жить вместе.
Реши, кому нам молиться.
Ограничь нас в еде.

Дай нам говорить на твоем языке!
          — На твоем языке!

Займись с нами любовью!
Пусть из наших чресел родится кто-то, не похожий на нас!

Я прошу только, чтобы мы изменились.
Всё, что угодно, но не этот безликий пластиковый рай, который здесь
                                        называют «мир»!

Бей меня!
          — Бей меня!
Унижай меня!
          — Унижай меня!

Но обещай, что отныне ничто не будет как прежде!

Сделай нас снова голодными!
          — Голодными!
Научи нас страдать!
          — Страдать!

Пусть
мы станем
другими...

Энг И-Шен

Из «Последнего искушения Стэмфорда Раффлза», Акт IV.

(Сэр Стэмфорд РАФФЛЗ, чиновник британской колониальной администрации и основатель Сингапура, лежит в бреду на своем смертном одре. Его жена СОФИЯ сидит за столом и пишет его биографию. Посередине сцены — цветок раффлезии чудовищных размеров.)
(Часы бьют семь. Ветер насквозь продувает дом. Наверху, в кабинете, РАФФЛЗ вспоминает свое свадебное путешествие на корабле Ост-Индской компании.)

ЦВЕТОК

(напевает) Ди Танджо́нг Като́нг*

СОФИЯ

(переводит) У черепашьего мыса

ЦВЕТОК

Аирнья биру́

СОФИЯ

Голубое море

ЦВЕТОК

Ди ситу́ темпа́тнья, да́ра джелита́

СОФИЯ

Там прекрасные девушки сидят рядом друг с другом

ЦВЕТОК

Ду́дук секампу́нг, лагика́н ринду́

СОФИЯ

Они говорят, что тоскуют

ЦВЕТОК

Кононла́х пула́ нун джа́ух ди мата́

СОФИЯ

Ах, так далеко, далеко

---

* Первая строфа популярной малайской песни, сделанной официальным гимном Дня Нации в Сингапуре.

52

(Сцена превращается в палубу корабля. Мы видим МЭРИ ЭНН, сестру РАФФЛЗА, и его первую жену ОЛИВИЮ Фэнкорт.)

МЭРИ ЭНН

Но, Ливви, дорогая! Это же жуть какая-то! Я была уверена, что мама никогда не отпустит ни одну из своих дочерей в плавание. Смотри, какая она теперь маленькая! Я уже еле вижу белые скалы Дувра. (Мнет носовой платок.) До свидания, мама! Прощай!

(Пауза.) И мои сестры! Прощай, Харриет! Прощай, Элеонора! Подумать только, Томас будет помощником губернатора на острове Принца Уэльского! Этот остров еще называют Нижний Пу-Пенанг. Как ты думаешь, там есть пираты? Или какие-нибудь ужасные болезни?

(Пауза.) Оливия, право, это несносно, ты вышла замуж за моего брата и совсем не хочешь со мной разговаривать. Мама была вне себя, когда узнала, что твой отец ирландец, а мать мусульманка родом откуда-то с Кавказа, и что ты старше Тома на десять лет, прости Господи, но я-то всегда была на твоей стороне, разве не так? Я-то думала, хорошо иметь невестку, которая родилась в Индии.

(Пауза.) Мама жутко хочет, чтобы я нашла себе жениха в колониях. У них там совершенно нет женщин, и никто не будет долго выяснять, есть ли у тебя деньги или приданое. Нам еще придется отбиваться от них зонтиками!

(Пауза.) Ой, а если мы совсем не в их вкусе? Если они там только и делают, что скрещиваются с какими-нибудь коричневыми дикарками или, хуже того, друг с другом! А нас могут изнасиловать пираты и перерезать нам потом горло своими кривыми ножами! Ох, Оливия, дорогая, скажи, ведь правда, что это все придумали писатели? Что ничего этого не случится?

ОЛИВИЯ

(с сильным индийским акцентом) Тысяча извинений, уважаемая. Вы ко мне обращаетесь?

МЭРИ ЭНН

Слушай, Оливия, я говорю с тобой уже минут десять. Ты что, оглохла от старости?

ОЛИВИЯ

Я прощалась, Мэри Энн. Прощалась с Британскими островами. (Вертится вокруг мачты.) Ай, не скоро я снова увижу тебя, дорогой!

МЭРИ ЭНН

Томас сказал, ты из Дублина, но твой акцент... скорее из сельской местности. У нас так говорят в пригородах...

ОЛИВИЯ

Уважа... (Берет себя в руки. Подчеркнуто корректно.) Надеюсь, я никак тебя не обидела, Мэри Энн. У меня есть свои недостатки.

МЭРИ ЭНН

Глупости. Слушай, шесть месяцев в море! А я еще совсем не привыкла к качке...

ОЛИВИЯ

Это ничего, сестренка. Тебе нужно подвесить багаж так, чтобы между ним и полом было не меньше двух дюймов. Тогда вода сможет спокойно протекать снизу, когда мы попадем в шторм.

МЭРИ ЭНН

Вот радость-то. И я, скорее всего, заболею.

ОЛИВИЯ

Наш врач — человек опытный. Надеюсь, мы потеряем не больше двух-трех матросов, когда пойдут болезни.

МЭРИ ЭНН

Все-таки ты странная! Смотри, Том идет.

РАФФЛЗ

Моя любимая сестренка! (Обнимает.) Оливия, моя красавица. Моя драгоценная жемчужина Востока.

ОЛИВИЯ

(с индийским акцентом) Сам ты гадкий кусок чапати! (Меняет произношение.) Я хотела сказать, вы слишком добры ко мне, сэр.

РАФФЛЗ

Моя ирландская белошвейка.

ОЛИВИЯ

Мой британский офицер.

РАФФЛЗ

Моя роза Мадраса.

ОЛИВИЯ

Мой граф-залез-на-шкаф.

(Танцуют в стиле индийского кино, выглядывая из-за снастей и гримасничая.)

РАФФЛЗ

(неожиданно официально) Итак! Я полагаю, мы можем немедленно приступить к занятиям мэйлэйским языком.

МЭРИ ЭНН

Пф-ф... вы что, хотите там *поболтать* с местными жителями? Что бы сказала мама!

ОЛИВИЯ

Чакап авак бахаса мелай?*

РАФФЛЗ

Так, тетапи сая болех ката «Авак сангат чантик».

ОЛИВИЯ

Сая так чантик. Авак чантик.

РАФФЛЗ

Авак чантик. Дан сая чинта авак.

ОЛИВИЯ

Мой мальчик! (Целует его в лоб. Они хохочут.)

МЭРИ ЭНН

Два осла. Тащат с собой сундуки с мэйлэйскими книгами.

РАФФЛЗ

Не только. Там есть для тебя романы. Бестселлеры, макулатура из подвалов Джейн Остин. И еще... Вот, что это такое? (Достает ананас.)

МЭРИ ЭНН

Солнце мое... Я когда-то видела, на витрине... Это правда папайя?

ОЛИВИЯ

А-на-на-с. Наверное, остался от прошлого рейса.

МЭРИ ЭНН

Пенанг! Должно быть чудесное место!.. Ананас оттуда? А можно его потрогать?

РАФФЛЗ

Ну, это полностью зависит от соизволения некого юного хранителя местных закромов по имени Квентин Дик Томпсон, ответственного за наш рацион,

---

* Оливия: Вы говорите по-малайски?
Раффлз: Нет, но я могу сказать: «Вы очень привлекательны».
Оливия: Я не привлекательна. Это вы привлекательны.
Раффлз: Это вы привлекательны. И я вас люблю.

который, кстати, раз уж зашла о нем речь, просил меня передать этот предмет лично вам в руки.

МЭРИ ЭНН

(бросается ему на шею) Томас, ты золото!

РАФФЛЗ

До вечера! (Уходит.)

МЭРИ ЭНН

(вздыхает) А ведь я еще не приготовила чепчик, и все булавки куда-то подевались... Скажи, вещи на корабле часто теряются?

ОЛИВИЯ

Конечно. В первом плавании я потеряла девственность.

МЭРИ ЭНН

Лив-ви?

ОЛИВИЯ

Когда я отправилась на Восток, мне было двадцать один, как тебе сейчас. Детство я провела в Индии, и только рада была удрать из этого мрачного Дублина. Корабль назывался «Роза». Я тогда еще совсем не любила книги.

МЭРИ ЭНН

О, Ливви, зачем ты меня разыгрываешь...

ОЛИВИЯ

Он был брат лэйрда из Данничена, старше меня на двадцать лет и женат на аристократке. У него уже был сын в Эдинбурге.

МЭРИ ЭНН

Как жестоко с твоей стороны мне все это рассказывать!

ОЛИВИЯ

В пути к тебе будут приставать, Мэри Энн. Ты должна это знать. (Пауза.) Когда мы приплыли в Индию, я уже была беременна, и меня отправили в больницу в Мадрасе. У меня родилась дочка. Врач, принимавший роды, предложил жениться на мне, чтобы спасти мою честь.

МЭРИ ЭНН

И твоя дочь...

ОЛИВИЯ

Она осталась с отцом. Так всем было проще. Но Якоб сказал, что я не смогу больше иметь детей. Я чуть не сошла с ума от горя, когда он умер в Пенджабе. Потом мне пришлось быть благосклонной к лорду Рэмси из Ост-

Индской компании, чтобы получить свою вдовью пенсию. А потом Рэмси меня бросил. Но он хотел поступить благородно. Он повысил Томаса в должности и выдал меня замуж.

МЭРИ ЭНН

Оливия, я не думала, что ты падшая женщина.

ОЛИВИЯ

Я тоже так не думаю, Мэри Энн. Смотри, вон там...

МЭРИ ЭНН

(отвернувшись) Если ты хочешь показать мне дельфина или чайку, это просто обман зрения. Я ничего не вижу.

ОЛИВИЯ

Вот именно. Я тоже. А ведь там где-то был наш дом.

Элвин Панг

Ода для Трои, или Ирака, или для кого-то еще

I.

Ласточки кружат над камнем. В это время
года, под плоским небом, таким же пустым, как земля,
не задерживается никто. Но перелетные птицы
еще не знают об этом и начинают вить свои гнезда,
повинуясь инстинкту, не успокаиваясь, пока
не найдут какой-нибудь кактус или ржавый остов
старого джипа, чтобы осторожно начать
строить в нем свое будущее. Им вряд ли возможно
рассчитывать на большее после того, что случилось. Раньше, когда
вся эта округа тонула в плеске крыльев, черепичные крыши
карабкались по утесам, наполняя воздух
запахом кухонных очагов, а ночью в полнолуние
сквозь сон можно было услышать
звуки струн, наверное, это были птицы,
бесчисленные и звонкие, как звезды (сказал бы
какой-нибудь поэт тех времен). Достойное было место.
Многие переезжали сюда навсегда.
Город. Как-то не верится, правда? Воображение разрывается
между прославленным мрамором, фонтанами, арками
и этой ровной пустыней. Что-то должно же
было остаться — фундаменты, фрагменты мозаик, надгробья.
Шрамы, знаки минувшего. Вехи чьих-то костей,
росчерки боли, полустертые, но доступные взгляду.
У древних
было точное слово для этого вакуума: tabula rasa. Чистый лист.
Шанс, оставленный войной тем, кто выжил, — выстроить мир с нуля.
Наверное, это случилось с неандертальцами: цивилизация
не успела родиться, как была стерта с лица земли, перестартована, как компьютер.
Может быть, отсутствие свидетельств — тоже знак, и за ним
можно угадать некую более полную картину,
своего рода замысел провидения, но кто бы
мог что-то знать о нем, кроме песков,
которые безмолвно хранят свою тайну и не расскажут
о том, что здесь произошло — тогда и с тех пор.

II.

Ласточки кружат над камнем. В это время
года, под плоским небом, таким же пустым, как земля,
не задерживается никто. Но перелетные птицы еще не знают
об этом и начинают
вить свои гнезда, повинуясь инстинкту, не успокаиваясь,
пока не найдут какой-нибудь кактус
или ржавый остов старого джипа, чтоб осторожно
начать строить в нем свое будущее. Вряд ли возможно
рассчитывать на большее после того, что случилось. Это раньше
вся эта округа тонула в плеске крыльев, черепичные крыши
карабкались по утесам, наполняя воздух
запахом кухонных очагов...

hy(hytechbrid)brid

Как известно, эффективная разрешающая способность человеческого глаза
превышает 12 мегапикселей, а способность различать цвета приближается
к 32-м битам (14—16 миллионов отчетливо различимых цветов).
Мы обладаем особенно высокой чувствительностью к зеленой части спек-
тра, поэтому при распознавании образов нам особенно важны оттенки зеленого, в связи с чем в цифровых камерах, построенных на принципе Байе-
ра, используются схемы с 50% сенсоров зеленого и по 25% соответственно
красного и голубого. Мы обладаем автономными источниками питания
и мобильны, несмотря на то, что постоянно нуждаемся в дополнительном
топливе и требуем эффективного распределения нагрузки между подсисте-
мами. Наши клетки при старении могут восстанавливаться с помощью осо-
бого фермента теломеразы, который, если не вырабатывается
в достаточном количестве естественным путем, может с легкостью быть
привнесен в клеточный материал фармацевтическими препаратами, когда
соответствующие коды будут расшифрованы и поставлены под защиту па-
тентного права, что, несомненно, случится в самом ближайшем будущем.
Наша стандартная операционная система представляет собой нейронную
сеть, не оснащенную, однако, элементами экспертной системы, благодаря
чему вместо того, чтобы максимально использовать свои ресурсы,
мы проводим первую треть жизни в приобретении знаний, а все оставшееся
время — в следовании авторитетам. Мы производимся в двух основных
модификациях с различным дизайном, допускаем, однако, частичную пере-
конфигурацию и внесение изменений вплоть до замены процессора.

Да, и мы излучаем тепло в темноте, негромко жужжа что-то друг другу или самим себе в своих кондиционированных помещениях, пытаясь вычислить, что нам следует показать на дисплее, чем сейчас занимается остальная сеть и, даже если удастся наладить правильное соединение, окажемся ли мы хотя бы в какой-то степени совместимыми.

«Милый мой, ты рад?»

И так, целуя тыщу раз подряд,
Шептала тихо: «Милый мой, ты рад?»*

Сэр Томас Уайетт

Любимый твой коктейль уже готов.
Квартира вся сияет. Я отмыл
хомячью клетку, вымел пауков,
отскреб микроволновку, не забыл
сиденье в туалете опустить
и тюбик зубной пасты завинтить.

Вот сэндвич — съешь с утра. Твой зонтик тут,
он высушен и аккуратно сложен.
Замки и шторы нас не подведут,
сосед мой глух, хоть сон его тревожен.
Заправил лампу маслом цитронеллы,
поставил в стерео два диска Эллы,

чтоб долетал в постель нам легкий звук…
Ты лучше почитала бы, мой друг?

Терпение

В девять лет он посадил грядку цветов и каждый день приходил наблюдать за их бешеным ростом.

---

* Перевод Григория Кружкова

В двадцать два он взялся за жизнеописание реки, текущей от подножия гор в нескольких километрах от его дома к далекому океану. Река охотно рассказывала ему все, что он хотел узнать, говоря взахлеб и без перерыва, пока не наступила зима, и ей не пришло время спрятаться в горы, чтобы отдохнуть и отоспаться.

Только тогда он начал записывать все, что услышал, длинным наклонным почерком, покрывавшим бумагу, как узоры. У него было много времени, он был одинок, в очаге весело пылал хворост из соседнего леса, сказки и истории которого он тоже записал, когда ему исполнилось тридцать.

В сорок шесть он начал биографию ветра, который часто подталкивал его в спину, когда он работал на берегу залива; но только в пятьдесят четыре ему удалось догадаться, что этот ветер — женского рода, и начать разбираться в ее характере.

Когда ему исполнилось шестьдесят три, ему захотелось написать воспоминания. Это была почти непосильная задача. Некоторые люди, заметил он однажды, проживают свою жизнь так отчаянно, словно могут умереть в любую секунду, а потом вдруг на время замирают, словно хотят оставаться здесь вечно.

Никто не знает, что случилось с его последней рукописью. Критики, которым довелось видеть ее фрагменты, говорили, что это похоже на историческую хронику, написанную от лица тех, чей удел — забвенье. К тому моменту у него уже было достаточно имитаторов и подражателей, в основном из числа поклонников, уставших ждать, пока та или иная его работа будет завершена.

И лишь много лет спустя после его смерти (в возрасте ста десяти лет) был обнаружен главный его шедевр — аккуратно отпечатанный рисунок в форме хайку, составленный из пепла, росы, человеческих следов и цветущих деревьев, покрывающий ту местность, где он некогда жил, и видимый только с неба.

* * *

Да нет, все хорошо. Нормально. Все о'кей.
Ну, вечер был испорчен… Ничего.
Никто не умер. Я вполне здоров,
и знаешь, розы уцелели. Да,

прибавили зарплату. Перевел
свой взнос Оксфаму, Красному кресту
и Армии спасения. И спать
теперь могу, не вскакивая с криком.
Убрал квартиру. Се́рдца моль не ест.
Пью молоко с разумно свежей датой,
и после понедельника всегда
приходит вторник. Чей-то некролог
в газете. Сколько раз я забивал
свой гол из самых трудных положений.
Веду дневник. Передвигаю ноги
по очереди. Краска сохнет. Я не пла.

Песня расставания

Любовь моя, я так страшусь молчанья рук твоих.

Махмуд Дервиш

Дорогая, за ночь в лесу ощутимо похолодало,
и каждый лист свернулся, зная, что скоро ему лететь.
Все вокруг в желто-красных и темно-лиловых конвертах,
где запечатана память о лете. Когда я спускаюсь к реке,

эта толща писем мягко пружинит под ногами, и удержаться
можно только качаясь, растопырив руки, в такт дуновеньям
местного бриза. Я оставил тебя
на пустом берегу под отсутствующим взглядом

солнца над тростниками. Как именно мы расстались,
знают только несколько ломких стеблей. Завтра и послезавтра
мы отыщем слова, чтобы сберечь наше молчание,
наши вздохи во сне. Печаль научит тебя новым именам,

и я буду откликаться, гулко, в дальнем ропоте, в голосе эха,
в звуке шагов и тихо прикрытых дверей, не глядя
ни на тебя, ни назад. Я заверну эти строки
в ткань своих снов, перед тем, как все оборвется. Перед ямой и кровью.

Вера

Не является ли сам факт, что мы верим во что-либо, осознанием границ человеческой воли и примирением с тем, что существуют вещи, которые нам не дано изменить?

Ведь вера не обязательно уводит нас в область сверхъестественного или подталкивает к размышлениям о некоем высшем духовном начале. Не легче ли предположить, что мы, смертные существа, просто учимся таким образом постепенно смиряться со слабостью своего зрения, недостаточной длиной рук и ног, конечностью жизненных сил, небезграничными способностями восприятия и понимания и общей скромностью нашего потенциала?

Многое на свете попросту не в нашей власти. Вера поэтому обоснованна как признание нашей конечности и чисто человеческой слабости. Она указывает за пределы доступного и любых практических интересов и выгоды, в область, где мы ничего не понимаем и куда обычно не заглядываем, и где поэтому способны рождаться самые разнообразные чудища, вплоть до идеи бога.

Теперь о другом

Принести домой цветок в горшке значит признаться себе в своей фатальной слепоте и общей мизерности существования. Поливать цветок то ежедневно, то время от времени, вспоминая о нем, только когда листья уже начали опадать, — наиболее точная метафора любви.

О другом значит о другом.

Зажечь лампу — значит захлопнуть темноту в тот же ящик, где уже собраны ночное молчание, страсти и твои вчерашние выходки. Читать при этом чью-то книгу — значит пробовать узаконить связь своего и чужого одиночества и удержать то, что в разговорах постоянно теряется и возникает снова, когда слова пытаются исчезнуть, как облако в безоблачном небе или снег весной.

Постель всегда находится там, где ты ее оставил, хотя морщины и вмятины на простыне довольно быстро перестают соответствовать твоим очертаниям или привычкам. В этом смысле они как дети, на которых у тебя нет больше времени.

Сковородка задает нелегкий вопрос: что именно сгорит, как долго это продлится и чем кончится?

Телевизор происходит от дьявола, который происходит от бога, который происходит. Уходя из гостей, засунуть куда-нибудь пульт от телевизора, конечно, смертный грех, а вот прихватить с собой чужой зонтик — извинимая слабость.

Этот белый мобильник — последняя модель, он не должен так над тобой издеваться. Если ты хлопнул дверью, она теперь закрыта. Если снаружи темно, значит, скоро рассвет, что бы ты там ни нафантазировал.

Запомни, после дискотеки я положу ключи от машины сюда. Расстояние от стены до стены помогает сохранять покой. Увидев чью-то миску, незачем тут же лить в нее слезы.

Правильный ответ зеркалу в любом случае да.

Го По Сэн

Побережье

Мне было около семнадцати, когда мои родители решили отправить меня учиться за границу, в Дублин. Наша жизнь в те времена еще строилась по британскому образцу, хотя Империя уже начинала трещать по всем швам. Шел 1953 год. Елизавета Вторая только что вступила на престол, и город, где я вырос — Куала-Лумпур, столица бывшей тогда под британским управлением Малайзии, — отметил коронацию пышными торжествами.

Почему меня захотели послать именно в Ирландию? Дублинский университет славился своим медицинским факультетом, к тому же говорили, что жить в Ирландии дешевле, чем в Англии или в США. Но в конечном итоге моих родителей убедило предположение, что католическая Ирландия будет достаточно надежным местом для их впечатлительного отпрыска, не предлагающим особых соблазнов, которые могли бы сбить его с пути истинного и увлечь в пучину порока. Не будучи христианами, они полагали, что прочную основу для морали и достойные примеры для подражания дает любая религия, и кто бы стал с этим спорить?

Родители ошибались. Дублин оказался дороже, чем они думали, и меньше всего походил на тихое и безопасное убежище, созданное для спокойного развития и морального совершенствования иностранных студентов. Не прожив там и года, я успел обратиться в католичество, выпить первую пинту «Гиннесса», выкурить первую сигарету, впервые поцеловать девушку и написать свое первое стихотворение.

Мое обращение было следствием тоски по дому и крайнего одиночества в первый год учебы в Блэкрок-колледже, школе-интернате, организованной Конгрегацией Святого Духа. Этот шаг был скорее проявлением чувствительности, чем результатом осознанного выбора. Я думаю, именно романтичность моей натуры сделала меня восприимчивым к религиозному укладу и ритуалам католической церкви. Мне нравился полумрак уходящих в глубину церкви порталов, мерцание света в витражах, запах благовоний и звуки хорала. Такие вещи трогали меня куда больше, чем тонкости доктрины или строгая прямота истинной веры. Часто именно красота и гармония церковной службы заставляли меня плакать. Я чувствовал, что соприкоснулся с некой безымянной и неописуемой областью священного. В благодарность мне хотелось сделать что-то полезное; я даже записался в Легион Марии и какое-то время подумывал уйти в монахи. Однако все изменилось, как только я поступил на медицинский факультет Дублинского университета.

Прощание с интернатом после проведенного там долгого года больше всего напоминало выход из заключения. Конечно, я не был в состоянии разумно распорядиться свой свободой. Я хотел пережить все на свете, как изголодавшаяся пиранья, которая хватает любую добычу без разбора и проглатывает ее вместе с костями. Я был похож на пустой сосуд, больше всего на свете желавший быть наполненным — все равно, чем.

Я мгновенно стал завсегдатаем дублинских пабов и скоро научился пить «Гиннесс» не хуже других. Я курил трубку, точнее, небрежно поигрывал мундштуком, прочел все, что нужно было прочесть, и научился надевать маску разочарованного скептика и сомневаться во всем, включая свой недавний католицизм. Из адепта и посвященного я превратился в падшего ангела и мятежника. В кратчайший отрезок времени я успел выступить против колониализма, неоколониализма, капитализма, коммунизма, ирландской прессы и влияния Голливуда. Я демонстрировал крайнюю нетерпимость к любым формам власти и ортодоксии и менял точку зрения и систему ценностей чаще, чем свой костюм.

Многие из моих метаний были непосредственным следствием столкновения культур Востока и Запада. В те времена силы были не равны. Западный мир ошеломил меня своими газетами, радио, театром, кино и книгами, книгами, книгами. Мой культурный шок проявлялся в том, что я пытался танцевать на всех сценах сразу, словно это была всего лишь игра, и серьезно рисковал наделать глупостей и быть изгнанным из сферы интеллектуального общения, потерять любую культуру вообще. У меня просто лопалась голова, когда я вдруг наталкивался на строки, подобные беккетовским: «За неимением выбора Солнце сияло над миром, где ничто не ново. Мерфи сидел вне его досягаемости, точно он был свободен, в одном из замкнутых дворов в Уэст-Бромптоне»*. Не вполне намеренно, но с неизбежностью, естественной для завсегдатая пабов и кафе того времени, я развил в себе вкус и способности к двум основным формам философского освоения реальности: склонность к экзистенциализму и чувствительность к абсурду. При этом я не чувствовал себя особенно укорененным ни в чем вокруг. Живя в мире идей и книг, я презирал так называемую реальность и игнорировал ее практические стороны. Это сослужило мне плохую службу на протяжении всей моей дальнейшей жизни.

Хотя я считал себя скорее интровертом, у меня быстро появилось множество знакомых. В те времена в Дублине было легко сходиться с людьми, нужно было только регулярно наведываться в знаменитые пабы и кафе в районе Грэфтон-стрит. Ирландцы славились разговорчивостью, особенно те из них, кто приложился к Камню красноречия в замке Бларни. Хороший собеседник всюду пользовался успехом, искусными рассказчиками восхищались. У них быстро появлялась свита обожающих их поклонников.

---

* Перевод Марины Кореневой.

В эти первые дни в Дублине Джоан и Гарри Тримбл входили в круг моих лучших друзей. Оба по образованию архитекторы, оба лет тридцати пяти, они перестроили конюшню в одном из дублинских внутренних дворов в небольшой домик, где и жили с двумя дочерьми и полосатым котенком. Они были центром компании, состоявшей из поэтов и романистов, журналистов, студентов, артистов, музыкантов, радиоведущих и еще кого-то, имевшего отношение к театру. Гарри был известен как скульптор, знатоками особенно ценились бронзовые бюсты его работы. О степени признания говорило то, что ему предложили изваять бюст Эймона де Валера, тишока, или премьер-министра, Республики Эйре, высокого, худого, очень доминантного человека, чья фигура возвышалась над всеми, где бы он ни появлялся.

Гарри был компанейским человеком, общительным и мягким, его глаза смотрели на мир со смесью любопытства, удивления и недоверия. Он носил длинную челку, постоянно падавшую ему на глаза, так что приходилось то и дело отбрасывать ее рукой в сторону. Он выглядел как Билл Хейли, звезда рок-н-ролла, чьи записи были очень популярны в пятидесятые.

Гарри всегда был рад сделать для друзей или знакомых что-то полезное, например отвезти кого-нибудь в аэропорт или на вечеринку в своем маленьком желтом «Фольксвагене». Дублин в те времена был городом сплошных вечеринок. Каждую ночь находилось как минимум одно место, куда стоило бы пойти. Никого из пришедших не отправляли обратно, при условии, что у гостя был с собой пропуск, то есть полдюжины портера или бутылка дешевого испанского вина. В каждом пабе все только и спрашивали, где сегодня будет парти, и вопросы эти звучали тем возбужденнее и настойчивей, чем позже становилось. Когда пабы закрывались, толпа подвыпивших и взбудораженных искателей приключений погружалась в автомобили и, дав полный газ, неслась по ночному городу. Ходить в это время по улицам было небезопасно. Не всякий пешеход решился бы пересечь перекресток, видя, как любители потанцевать с хохотом и воплями вылетают на машинах из района Грэфтон-стрит. Потом они исчезали, и на город опускалась неестественная и жутковатая тишина.

Когда я однажды заболел, Гарри заходил навестить меня каждый день, варил суп и кофе, приносил газеты и журналы, рассказывал последние городские новости. Он вел себя эмоционально и трогательно, и был похож на щенка большой собаки.

Позже я познакомился с его женой, Джоан. Она оказалась разносторонним и отзывчивым человеком с открытым и теплым характером; ей я мог доверить любые свои секреты. У нас сложились своеобразные платонические отношения, для меня это был первый случай, когда женщина стала мне близким другом.

Я проводил много времени у них в Болсбридже, модной в то время части города. Мы часто обедали вместе, иногда я готовил кэрри или какое-нибудь китайское блюдо, что им очень нравилось. После обеда мы подолгу лежали на застеленном соломенными циновками деревянном полу, пили вино и болтали. Часто я оставался ночевать или сидел с их дочерьми, когда им обоим нужно было куда-нибудь отлучиться.

Джоан и Гарри рассказали мне, что построили небольшой коттедж в Коннемаре, недалеко от поселка. Очевидно, это место много для них значило. Они хорошо знали тамошних жителей и отзывались о них тепло, как о близких людях. В этой части Ирландии говорят или на гэльском, или на местном диалекте английского, практически непонятном приезжим. Местные жители сильно переработали королевский английский, обращаясь с ним свободно и решительно, пока в нем не появились глубокие расщелины, как в здешних горах, пока он не стал грубым и обветренным, как лица местных крестьян, суровым и сжимающим сердце, как звук ветра в прибрежных скалах. Меня это особенно сильно заинтересовало и взволновало, потому что к тому времени я уже решил, что буду писать по-английски — на языке, который застрял у меня в голове благодаря непредсказуемым капризам истории.

Кажется, Йейтс первым назвал Коннемару местом ужасающей красоты. Пустынный ландшафт с древними голыми холмами переходит здесь в каменистый берег, открытый прямо в атлантическую даль. Я чувствовал, что должен обязательно пожить там какое-то время. Мне казалось, я созрел для того, чтобы меня заколдовали.

Возможность поехать в Коннемару представилась мне во время длинных летних каникул 1956 года. Каникулы были одним из главных преимуществ жизни университетского студента. Хотя моих средств не хватало на то, чтобы предпринять что-либо особенно грандиозное, тем не менее океан свободного времени, долгие недели без лекций и семинаров по медицине, без работы в больнице и вечеров в библиотеке сами по себе казались мне бесконечным счастьем. Теперь я мог посвятить себя другим занятиям, и прежде всего литературе.

В таком приподнятом расположении духа я немедленно согласился, когда Джоан и Гарри предложили мне пожить в их коттедже, сказав, что этим летом я могу оставаться там сколько захочу. Мое сердце радостно сжималось, когда я представлял себе зеленые холмы побережья, ослепительное синее море, бесконечное открытое небо.

В один из ясных дней в начале лета я отправился в путь, внутренне готовый встретиться с бардами и друидами в диких пустошах Коннемары. Автобус ехал по узкой сельской дороге среди разноцветных квадратов лугов и полей, столь характерных для Изумрудного Острова. Но вскоре небо начало затягиваться тучами. В Голуэе я пересел на автобус, идущий к побережью. Погода портилась с каждой минутой, волны озера Корриб были уже совершенно черные, дорога петляла, огибая подножья высоких и мрачных гор, острые вершины которых еле угадывались в сумерках. Когда автобус выехал на шоссе над океаном, сквозь стекла стал слышен грохот прибоя. В окнах еще можно было различить огромные волны, с силой обрушивающиеся на изрытые прибоем скалы, черные, как сама ночь. Когда мы наконец въехали в Клох-на-Рон, поселок был еле виден сквозь тяжелые потоки дождя.

Я сошел с автобуса почти в полной темноте. На улицах никого не было, дома производили заброшенное и негостеприимное впечатление. Я зашагал вверх по мокрой каменной улочке в сторону церкви. Шпиль колокольни втыкался в низкое небо над крышами в безуспешной попытке достигнуть рая. В архитектуре церкви не было ничего своеобразного или особенно прекрасного, и то же самое можно было сказать обо всем поселке. Клох-на-Рону не хватало очарования. Для чего я здесь оказался? Так далеко от дома, а теперь еще и вдали от блеска и захватывающей атмосферы Дублина, я вдруг почувствовал себя одиноко и странно. В таких случаях приходит в голову, что Бог посылает нас в мир исключительно для страдания. В холодную каменную юдоль скорби.

Дождь был соленый, от него слезились глаза. Я набрал полную грудь сырого тяжелого воздуха и решительно двинулся вперед, по направлению к дому у церковной стены, который, как я подумал, должен быть жилищем священника. Пройдя по обрамленной камнями дорожке, я потянул ручку звонка. Я думал, что звонить придется долго, но внутри дома сразу послышались быстрые легкие шаги, и дверь отворилась. Желтый квадрат света выхватил из темноты струи ливня и мокрые ступени, и я представил себе, как я сейчас выгляжу, чужестранец, пришедший в дождливую ночь. Невысокая седая женщина на пороге внимательно меня рассматривала. Ее лицо пересекали глубокие морщины.

«Здравствуйте, — сказал я. — Здесь живет отец Фергюс Кэссиди?»

«Да заходите же! Не стойте под дождем! И сразу снимите плащ, с него капает, — она взяла у меня плащ и повесила его на крючок. — Боюсь, отца Кэссиди не будет дома сегодня вечером».

Я представился и сказал, что у меня есть рекомендательное письмо от Тримблов.

«Я мисс Данн, экономка, — ответила она. — Мы знали, что вы приедете. Вы будете спать в парадной комнате. Я подогрею вам ужин. Это не займет много времени, но сначала пойдемте, я покажу вам комнату».

Она пошла вглубь коридора быстрой порывистой походкой, иногда свойственной невысоким женщинам. Выглядела она, в накрахмаленной белой блузке с длинными рукавами и в черной юбке до щиколоток, довольно сурово. Высокий воротник стягивал горло так, что, казалось, вот-вот ее задушит, и это делало ее голос резким и отрывистым. Она провела меня в просторную комнату с высоким угловым окном, выходящим на улицу. Тяжелые зеленые шторы были раздвинуты.

«Ужин будет готов через полчаса».

«Может быть, лучше подождать отца Кэссиди?»

«Вам не стоит его ждать. Он только что ушел на вечеринку. Бог знает, когда он вернется. Он взял с собой инструмент».

«Инструмент?» — спросил я озадаченно.

«Ну да, инструмент. Свой аккордеон».

«Да, миссис и мистер Тримбл говорили мне, что преподобный отец любит музыку. Еще что он неплохой тенор».

«Именно так. Он любит пение. И танцы. Он обожает, когда люди танцуют».

«То есть у него веселый характер?»

«Может быть. Немного слишком, мне кажется».

«Его прихожане должно быть счастливы иметь настолько общительного и добродушного пастыря...»

«Ну что в этом хорошего! Его никто не боится».

«Вы думаете, лучше было бы, если бы его боялись? Но почему...»

«Потому что он священник, вот почему! Он же слуга Божий. Представитель Иисуса Христа в этой глуши!» — с этими словами она резко повернулась и не оглядываясь направилась по коридору в сторону кухни. Ее походка почему-то напомнила мне мелькание ножниц в мастерской портного.

Я подошел к окну. На улице не было ни души. Дождь набегал волнами, и стекло слегка вздрагивало под порывами ветра. Вокруг фонарей сияли желтоватые нимбы. Улицы поселка по-прежнему выглядели негостеприимно. Я отвернулся от окна и оглядел комнату. Бо́льшую часть ее занимала огромная кровать, царственно возвышающаяся на изогнутых львиных лапах. Она больше подошла бы для солидной пары или даже целого семейства, чем для тонкокостного и худосочного студента из Азии. Во всей меблировке комнаты была какая-то аскетичная суровость. Впечатление усиливали белые стены и большое деревянное распятие на стене. Измученное и изможденное тело Христа находилось прямо над изголовьем. Его слегка склоненная на бок голова устремляла взгляд вниз, прямо на того, кто лежал на кровати. Я не мог представить себе, как можно было бы испытывать желание или страсть под взглядом Бога.

Потом я заметил, что на столе стоит бутылка без этикетки. Под нее было подложено адресованное мне письмо, написанное витиеватым почерком, однако крупно и разборчиво.

«Прилагаемый сосуд с добрым содержимым, несомненно, доставит Вам удовольствие. Этот напиток не имеет себе равных, во всяком случае, так говорят местные знатоки. Я знаю свою паству, они всегда склонны к преувеличениям. Это привычка, ставшая основой местной культуры. Я вынужден сражаться с ней в одиночку, и да поможет мне Бог. Надеюсь на глубокую и добросердечную беседу завтра утром сразу после мессы. Ваш во Христе, Фергюс Кэссиди».

Благословенный пастор, он подарил мне бутылку потина, ирландского самогона самой лучшей выдержки. Многие, подобно мне погрязшие в пучине греха и беззакония, готовы отдать все на свете и рискнуть спасением души, лишь бы попробовать настоящий эликсир. А что может быть более подлинным ирландским напитком, чем бутылка, подаренная вам бедным деревенским священником в Коннемаре? Приятно представить, как вы опрокинете стаканчик после обеда. Тут внутренний голос сказал мне, что, в сущности, нет ни малейшей причины не сделать этого и перед обедом тоже. В земной юдоли мы ни в чем не нуждаемся больше, чем в паре глотков от случая к случаю, для поддержания присутствия духа. И не стоит рисковать и откладывать.

Я налил себе достаточную порцию и поднес к носу, чтобы лучше оценить аромат. Я посмотрел жидкость на свет, она оказалась чистой и прозрачной, с легким оттенком ржавчины по краям. Я отпил и подержал напиток во рту, почтительно воздавая должное его гармонии и силе. Сделав глоток, я ощутил, как поток живой лавы устремился вниз по пищеводу. Не прошло и секунды, как он привел меня в равновесие, и я почувствовал себя сильным и отдохнувшим.

Таково волшебство алкоголя! У человечества должна быть серьезная природная потребность периодически приходить в состояние опьянения. По случаю рождения, или женитьбы, или просто время от времени. Поэтому люди и делают аррак, мескаль, маотай, виски, самсу, водку и шнапс, столь разнообразные, как человеческие общества и места обитания.

В дверь постучали.

«Ужин на столе!»

«Спасибо огромное, мисс Данн. Сейчас иду».

Столовая была обставлена тяжелой старинной мебелью. За длинным, как в замке, столом могло уместиться человек двенадцать. Ужин состоял из ломтей холодной баранины, отварной капусты и дымящейся картошки, обжаренной до золотого цвета в крестьянском масле. Отдельно стоял соусник с густой горячей коричневой подливкой.

Я немедленно набил полный рот картошкой и мясом и одобрительно промычал: «Очень вкусно!»

«Кипяток и чай на столе. Вот ржаной хлеб, который я испекла с утра».

Пока я ел, мисс Данн занималась тем, что вытирала пыль в столовой. Она совершенно бесшумно переходила от предмета к предмету и полировала их до блеска. Было легко представить, как она без остановки, с утра до ночи, бродит по дому, наводя блеск на все, что встречается на пути. Наверное, она прослужила в этом доме долгие годы.

«Здесь часто дожди, мисс Данн?»

«Уж точно. Каждый второй день».

«Будем надеяться, что завтра прояснится. Мне нужно будет переехать в коттедж Тримблов».

«На все воля Божья».

«Наверное летом в Клох-на-Рон приезжает куча народа?»

«Народа? Не знаю. Я никого не видела. На что здесь смотреть? Тяжелая жизнь, и все».

«Но все-таки должно же здесь быть что-то особенное, что притягивает сюда людей...»

«Особенное! — она повторила это слово почти с презрением. — Что тут особенного! Жить здесь тяжко. С Божьей помощью мы справляемся, не сходим с ума от безысходности. Мрачные времена. Воистину сказано, это ли не юдоль скорби».

Я подумал, что, наверное, еще слишком молод, чтобы спорить. Будущее обещало мне множество новых переживаний и захватывающих возможностей. Я не был склонен думать о жизни как о юдоли скорби. Иногда я чувствовал скорее даже беспричинную радость.

Я ел жадно. Экономка больше не обращала на меня внимания, но оставалась в комнате, продолжая протирать и полировать все вокруг.

Когда я поел, мисс Данн убрала со стола и сказала, что отец Кэссиди будет служить мессу в 7:30 утра и что завтрак будет подан после мессы.

«Спасибо, я встану рано».

«Если Вы уже хотите ложиться, спокойной ночи и благослови вас Господь», — она перекрестила меня.

«Спокойной ночи, мисс Данн, и спасибо вам за все», — я проводил ее взглядом, когда она бесшумно проскользнула по коридору в сторону кухни, и снова подумал, что ее жизнь, видимо, полностью проходит в пасторском доме и его ближайшей округе, и что немногое во внешнем мире могло бы привлечь внимание или каким-то образом повлиять на сдержанность этой женщины. Она, видимо, привыкла к ограниченности в этой стране каменных стен, со всех сторон обступающих пастбища и поля.

Вернувшись в свою комнату, я переоделся в пижаму и забрался на огромную кровать. Некоторое время я читал драму Синга «Скачущие к морю». Описанные в ней Аранские острова были недалеко отсюда и не очень отличались от Клох-на-Рона. Темнота ночи, порывы ветра и бьющий в стекла дождь удивительно совпадали с атмосферой пьесы. Как странно вдруг осознать, что ты оказался на краю земли, на берегу бурного океана, в стране суровых людей, которые каждый день выходят в море.

На следующее утро при входе в высокий портал церкви я зачерпнул пригоршню святой воды из каменной чащи, перекрестился и произнес про себя молитву. «Asperges me, Domine, hyssopo et mundabor, lavabis me, et super nivem dealbabor» — «Окропи меня иссопом, и буду чист, омой меня, и буду белее снега».

Я медленно прошел вдоль центрального нефа, снова перекрестился, коротко преклонил колени и осторожно присел на одну из длинных деревянных скамей. Хотя этот день не был воскресным или праздничным, церковь была переполнена. Религия еще не переживала кризиса в Коннемаре в 1956 году.

Под сводами церкви царила почти полная тишина. Одни негромко молились, другие сидели в сосредоточенном молчании или стояли на коленях. Вошел отец Кэссиди и прошествовал к алтарю в сопровождении служки. Поверх белого облачения на нем была расшитая зеленым и золотом казула, а на голове — черная биретта. Служка, мальчик лет десяти, похожий на розовощекого херувима, был одет в белоснежный стихарь.

Месса началась с окропления святой водой и крестного знамения, сопровождаемого словами «In nomine Patris et Filii, et Spiritus Sancti. Amen. Introibo ad altare Dei».

Во время мессы меня поразило, что мое участие в ней не было полностью механическим, что я тоже чувствовал своего рода благоговение. В те времена католические мессы читались на латыни, что придавало всему ритуалу магический и мистический оттенок. В религии, в наших отношениях с Богом не нужна буквальная ясность, и нет необходимости понимать каждое слово. Необходим прыжок мышления и веры в область неизведанного, непознаваемого.

Блаженны те, кто верует.

В это утро месса текла, как река, полная благословения. Несмотря на свой атеизм и суетный и гордый характер, я вдруг ощутил, что месса захватила меня, глубоко тронула и подтолкнула к молитве. Я просто не мог остановиться в своем разговоре с Богом, желая уверовать во все, достичь спасения и в этой жизни и в будущей, и раз и навсегда разрешить великую загадку жизни и смерти.

Практически все люди в церкви поднялись со скамей и выстроились в очередь к причастию с выражением веры и благоговейного ожидания. Как я им завидовал! Казалось, что причастие Тела Христова преображает их, выражения лиц причащающихся говорили о внутреннем покое и невинности, в них брезжил оттенок экстаза. Я почувствовал себя лишенным этой благодати, брошенным и одиноким.

Вернувшись в пасторский дом, я сел завтракать с отцом Кэссиди. После мессы священник выглядел освеженным и отдохнувшим, как будто он только что принял ванну. Он был обаятельным человеком лет пятидесяти или чуть старше, веселым и энергичным, с шапкой седых волос и солидной фигурой бывшего игрока в регби. Я поблагодарил его за гостеприимство и за бутылку потина.

«Вам понравилось? — спросил он оживленно. — Напиток этот происходит из исключительно достойного источника. Один из моих прихожан готовит его просто божественно».

«Гонит как черт!» — сказала мисс Данн, как раз проходившая через комнату. Мы пили крепкий черный чай, как это любят ирландцы. К чаю был подан только что испеченный ржаной хлеб, масло и клубничный джем. Мисс Данн принесла яичницу с беконом и черную кровяную колбасу.

«Мисс Данн слишком строго судит людей», — засмеялся отец Кэссиди.

73

«А вы и себя-то не строго судите», — парировала мисс Данн.

«Она бы точно оправила нас в мрачные подземелья ада! — развел руками отец Кэссиди. — К чертям на заслуженный десерт...»

«А как поживают наши достойные друзья Тримблы?»

«У них все хорошо. Они передают вам поклон».

«Замечательная пара, замечательная пара. Благослови их Господь».

«Воистину».

«Я говорил с Гарри на прошлой неделе, и он сказал мне, что вы приедете. Он упомянул, что вы изучаете медицину и пишете стихи».

Я всегда чувствовал одновременно возбуждение и смущение, если кто-то говорил, что я пишу. К тому времени я написал немного, и в любом случае не создал ничего такого, чтобы меня можно было назвать писателем. У меня были только желание, страсть или потребность писать, описывать то, что я вижу, именно так, как оно происходит в действительности, что бы это ни значило. Или, может быть, во мне просто говорили гордость и самомнение?

«Я не написал ничего серьезного...»

Не обращая внимания на мои слова, отец Кэссиди продолжал: «На каком языке вы пишете?»

«По-английски! — ответил я. — Но мой родной язык — китайский, точнее, хоккиен. Я поступил в английскую школу вскоре после окончания войны, когда японцы сдались и Малайзия снова стала частью Британской империи, над которой никогда не заходит солнце. Так что нас всех учили английскому. Мои родители понимали, что если хочешь достичь чего-то в жизни, необходимо владеть английским».

«Стало быть, англичане сделали с вами то же, что и с нами. Смотрите, пока мы не добились независимости в 1922 году, они управляли Ирландией несколько сотен лет. Когда-то нам было запрещено иметь в собственности землю, исповедовать нашу религию. Мы практически потеряли свой язык. Говорить сейчас на гэльском — сознательный выбор, это делают далеко не всюду, а только в тех частях нашей благословенной Богом страны, которые мы называем Гэлтек, и куда входит и Коннемара, чем ее жители по праву гордятся».

«Да, — кивнул я, — англичане, как любые колонизаторы, обращались со своими подданными довольно гнусно».

«И вы хотите писать по-английски?» — спросил священник с сомнением в голосе.

«Этого уже не исправишь. Слишком поздно. Я говорю и пишу по-английски гораздо лучше, чем по-китайски. Как Джавахарлал Неру, я могу сказать, что, к сожалению, даже сны мне снятся по-английски. Меня учили не только языку: я изучал их литературу и историю, их политику! Их религию!»

Мы оба засмеялись. «С нами, ирландцами, это, пожалуй, тоже так, — сказал священник. — Нам удалось создать свое независимое государство, но воля ирландского народа была выражена его писателями и ораторами на английском, на чужом языке, языке господ. Вы конечно знаете наших писателей — Йейтса, Леди Грегори, Джорджа Мура...»

Я заметил, что он не упомянул моих любимых Джойса, О'Кейси и Беккета, то есть тех, кто добровольно решил уехать из Ирландии.

Мы закончили завтрак, и мисс Данн убрала со стола.

«Скажите, сын мой, почему вы все-таки хотите стать писателем?» — спросил священник с мягкой улыбкой.

«Не знаю точно, отец. Боюсь, я не могу дать вам отчетливого ответа. В желании писать есть что-то загадочное. Какая-то магия».

«То есть источник этого желания не от мира сего, это промысел Божий?»

«Видимо, да. Наверное, это от Бога. Если вдуматься, это практически неразрешимо».

«Я не совсем вас понял. Что неразрешимо?» — по интонации было ясно, что отец Кэссиди, кажется, не прочь устроить небольшой диспут.

«Ну, выяснить, существует ли какая-то главная, все решающая инстанция, или Бог, если хотите, — поколебавшись, сказал я. — Скажем, я пытался разобраться, как великие поэты определяют поэзию. Одни считают, что это что-то, помогающее нам справиться с одиночеством и с мыслью о том, что мы смертны. Другие видят в поэзии прежде всего проявление свободы воли. У меня пока мало опыта, но иногда я думаю, что последние правы. С другой стороны, по-моему, академические рассуждения здесь никуда не ведут. Писать стихи трудно, но поэзия стоит этих усилий, потому что ее конечная цель — высшее наслаждение...»

«Вы думаете, поэзия дает ответ на важные вопросы современности?»

«Нет, не совсем. Скорее делает так, что никакие вопросы больше не важны».

«Как это не важны? — отец Кэссиди поставил чашку на стол и наклонился вперед, словно готовясь вступить в рукопашную. — Разумеется, они важны, жизненно важны».

«Иногда я в этом сомневаюсь».

В ситуации спора отец Кэссиди почувствовал себя как рыба в воде, его глаза радостно сверкнули. «Если вы действительно думаете, что вопросы, которые ставятся перед вами эпохой, и ваши ответы на них не важны, то чем вы тогда лучше неодушевленного камня или, например, овцы, всю жизнь просто жующей траву в поле?»

«Ну, — задумался я, — наверное, я мог бы согласиться с тем, что мы не лучше камня или овцы...»

«Но человек — это создание Божье, и Он послал к нам Своего Сына в образе человека, чтобы спасти нас! И мы верим, что Бог уготовил нам высшую участь, чем камню или овце. Бог создал мировой порядок, и наша главная задача — понять его промысел, и тем самым найти Бога. Мы стремимся не отдалятся от Него, но быть ближе к Нему, и чем ближе мы к Нему, тем выше наше место в мировом порядке!»

«А мне вот кажется, что порядка больше всего в аду! — возразил я. — Например, в тюрьмах или при диктатурах, где одни контролируют других, где все поголовно являются рабами некой центральной власти».

Я заметил, что мисс Данн не ушла из комнаты, а продолжает протирать мебель белой тряпкой. Она явно слушала наш разговор, но я не рискнул бы предположить, что она о нем думает.

«То есть вы анархист?»

«Нет, не думаю».

«Хорошо. Вы еще молоды, а молодежь естественно склонна бунтовать. Надеюсь, это не прозвучит слишком нравоучительно, но читать все без разбора не всегда полезно. Бывают сомнительные книги. И, разумеется, сомнительные компании. Давайте смотреть на вещи прямо: человек может сбиться с пути. Или быть сбит с пути, в частности, дьяволом».

Это прозвучало как выговор, и я ничего не ответил.

«Слишком много современных авторов распространяют скептицизм и враждебное отношение к церкви. Вы читали кардинала Ньюмэна? Он серьезный мыслитель и хорошо пишет. Я дам вам его "Идею университета", вам это будет интересно».

Я пожал плечами.

«Не могу сказать, чтобы я много читал художественной литературы, — помолчав, сказал отец Кэссиди. — На моем скромном посту священника я имею дело с реальностью, с мирскими проблемами моей грешной паствы, с их буднями. Литература же больше относится к миру воображения, фантазии. Это мир вымысла, не так ли?»

Я подумал, что совершенно бессмысленно спорить с деревенским священником, и решил воздержаться от дальнейших дебатов. Разумеется, я повел себя как последний сноб.

Отец Кэссиди мягко сказал, что ему особенно нравятся Диккенс и Беллок. Однако он не скрыл, что его любимая книга — «Исповедь» Блаженного Августина.

На это я улыбнулся. Я вспомнил, как впервые прочел «Исповедь» и как меня удивила его знаменитая молитва «Дай мне целомудрие и воздержание, но только не сейчас».

«Мой первый ректор в иезуитской семинарии хорошо знал отца Джона Хопкинса, но мне его поэзия показалась трудной для чтения. Очень неровный ритм».

Я опять не ответил, и тогда мисс Данн молча, как тень, выскользнула из комнаты. Я почувствовал, что она не одобряет моего поведения, и это меня расстроило.

«Сколько вы пробудете в Коннемаре?»

«Честно говоря, не знаю. У меня нет отчетливых планов. Я могу остаться на неделю или на месяц».

«Надеюсь, мы еще увидимся. Мне не часто представляется случай поговорить с образованным человеком издалека. Мы живем здесь очень замкнуто. Побережье и море — это все, что мы видим. Наша жизнь зависит от них. Люди здесь очень бедны, как вы, несомненно, почувствуете. Может быть, мы еще не оправились от эпидемии, которая унесла столько народу. Что бы ни говорили, в 1847 году умерло около миллиона ирландцев, и еще полтора миллиона эмигрировало в Америку. От этого осталась горечь и постоянная меланхолия, которую мы не преодолели до сих пор».

«Да, — сказал я тихо. — Я читал об этом».

«Надо сказать, жители Клох-на-Рона мало знают о внешнем мире, кроме, разве что, Америки, куда уехали их родственники. Не смущайтесь, если они будут на вас глазеть. Это из любопытства, а не от враждебности. Вы увидите, они скорее дружелюбны».

«Спасибо Вам, святой отец. Я запомню ваш совет. Я постараюсь подружиться здесь с людьми и побольше узнать об их жизни».

«У большинства очень маленькие фермы, часто меньше пяти акров. Они работают с утра до ночи, и того, что им удается добыть из этой каменистой почвы, еле-еле хватает на жизнь. Другие рискуют собой в море. Я молю Бога, чтобы когда-нибудь нам удалось завлечь сюда туристов. Здесь много народных промыслов и культурных традиций и волшебный ландшафт. Моя мечта — организовать здесь культурный фестиваль и пригласить Грейс, принцессу Монако, открыть его».

Внезапно я почувствовал искреннюю симпатию к отцу Кэссиди. Его душа стремилась к Богу, но его сердце было с местными людьми, он делил все тяготы и невзгоды жителей этого негостеприимного побережья. Я сказал: «Я слышал, вы хороший тенор...»

«А, это все от матери, храни ее Господь. Она была настоящая певунья. Пока она была жива, через печную трубу было слышно, как она поет с утра до ночи. Вся наша любовь к музыке от нее. Мой отец к музыке был глух, как камень. Сейчас народ здесь собирается друг у друга на кухнях, устраивает вечеринки с песнями и танцами. Это довольно невинное развлечение. Может быть, вы зашли бы к нам как-нибудь, спели нам что-нибудь из китайских песен или почитали бы стихи...»

«Я думаю, отец, мне уже пора. У вас наверняка много дел, и я и так отнял у вас много времени. Я очень благодарен вам за гостеприимство, не говоря уже о вашем потине».

«Да, он поднимает настроение в холодную ночь. У вас достаточно еды и вообще всего необходимого?»

«Да. Мне нужно только докупить две-три вещи».

«Здесь вы мало что сможете купить, не то что в вашем Дублине. И кто-то должен подвезти вас до дома Тримблов. Три мили пешком далековато, особенно с багажом. Автобус ходит редко, но я договорюсь с Ником Галлахером, он вас подбросит. Я слышал, он поедет в Клифден после полудня. Ник вас подвезет, но вам придется сидеть на тушах. Он мясник».

Я с благодарностью принял приглашение. Мы договорились, что я снова приду к отцу Кэссиди в полдень.

Я зашагал по каменным плитам вниз к причалу. Дома поселка, обращенные фасадами к морю, теснились на склонах двух холмов. Небольшие белые строения с соломенными крышами были все на одно лицо. Их хозяева выглядели невесело и шли по своим делам с безропотным выражением, как будто согнувшись под грузом бедности и смирения. Да, эта тяжесть, огромный вес Бога.

У причала ниже поселка начинался длинный мол из камня и бетона, широкой дугой опоясавший бухту. Под его защитой полдюжины куррахов передвигалась туда и сюда, мягко скользя по водной поверхности, слегка покачиваясь в такт ритмическим взмахам весел. За молом к горизонту уходили цепочки островов. Ветер с юга практически не вызывал волнения, поверхность океана была подернута легкой рябью. Над головой стая белых чаек грациозно скользила в невидимых воздушных потоках. Я дошел до конца причала и остановился, чтобы лучше запомнить все, что вижу вокруг.

С детства море всегда вызывало у меня чувство ликования.

День, когда я впервые увидел море, неизгладимо врезался мне в память. Мне было десять лет. Это было примерно в день окончания Второй мировой войны. Мой отец, который тогда служил техническим ассистентом в департаменте общественных работ, снял на неделю министерский загородный дом в Порт Диксоне. От Куала Лумпура туда было два часа езды, дорога вела через бесконечные каучуковые плантации и небольшие кампонги. Наша машина — старый «Райли», набитый доверху и вмещавший в себя, не считая багажа, обоих моих родителей и нас, четверых детей, — пыхтя, с натугой карабкался по узкой извилистой дороге на перевал Мантин. Двух моих сестер укачало, и нам пришлось останавливаться время от времени, чтобы их вытошнило на обочину. Когда мы, наконец, достигли перевала, перед нами открылось море. У меня захватило дыхание. Этот первый взгляд на огромную уходящую вдаль под безоблачным небом голубую поверхность привел меня в неописуемый восторг. Очевидно, вся моя семья испытала такую же радость и облегчение, потому что мы, не сговариваясь, одновременно запели песенку из фильма «Бухта луны» с Дорис Дэй:

«We were sailing along
On Moonlight Bay,
We can hear the voices singing
They seem to say...»

Мы пели громко и весело. И каждый раз, когда мы потом ездили в Порт Диксон, мы пели, когда проезжали через этот перевал и видели море. Для меня это были лучшие минуты, проведенные нами вместе. С тех пор я навсегда полюбил море.

Сейчас передо мной было море цвета дождя, металлически-серое и так непохожее на изумрудно-синее море тропиков. И все же это было море, я стоял на причале и слушал, как языки волн лижут каменную основу пирса. Прилив только начался, уровень воды был еще на три фута ниже отметки. Море всегда приходит и уходит, когда захочет. По своей воле, никого не спрашивая.

Лодки медленно двигались поперек водной глади в прежнем, неизменном темпе, и весла тоже поднимались и опускались в одном и том же постоянном ритме, ритме сна.

Я долго смотрел на них, и мои мысли уплывали в прошлое.

В полдень на своем светло-зеленом форде «Англия» прибыл мистер Галлахер. Я сел вперед, втиснув багаж себе под ноги, кузов был доверху набит свиными и овечьими тушами. В кабине стоял густой запах сырого мяса и крови. Мисс Данн помахала нам вслед.

Мистер Галлахер оказался длинным, тощим и неразговорчивым человеком с большими и печальными коровьими глазами. Все темы для вежливой беседы мы исчерпали, еще не выехав из поселка, и в машине воцарилась длительная и неловкая тишина. Из Клох-на-Рона мы свернули на шоссе, петлявшее по прибрежным обрывам. В пейзаже была какая-то пустынная красота. Мы проезжали мимо редких каменных домов с соломенными крышами, лугов с бредущими по ним овцами, одиноких коров или местных пони в загонах, огороженных каменными заборами, сложенными вручную несколькими поколениями фермеров. Я обратил внимание на тропинки, которые овцы проели в картофельных полях. Эта земля не была благоприятна для скотоводства.

Я сказал что-то о суровом характере здешних мест. После долгого молчания мистер Галлахер кивнул и пробурчал: «Ничего здесь толком не растет. Одни хлопоты».

Наконец мы приехали. Я поблагодарил мясника, и зеленый фургон тронулся и исчез за поворотом. От дороги дома не было видно. По холмам были разбросаны одинокие валуны, похожие на алтари неизвестных богов. Некоторые из них напоминали работы Генри Мура. Между полосами дрока и папоротника пробивалась редкая трава. Вокруг, насколько хватало глаз, не было ни единого дерева.

Дом оказался квадратным коттеджем из камня, цемента и стекла, построенным по проекту Джоан и Гарри. Он стоял на двух плоских валунах, между которыми прямо под домом бежал небольшой ручеек. Внутри по беленым стенам скользили блики солнечного света, словно в плавательном бассейне. Я сразу почувствовал, что смогу прожить здесь долго. Коттедж состоял из большой жилой комнаты, одновременно кухни, двух спален и ванной. В кухне был камин, напротив него софа, поодаль — простой стол с деревянными стульями. Удобно и просторно. И все это сейчас принадлежало мне! Просто сказка.

Мне сразу захотелось осмотреть окрестности. Дальний край участка обрывался в море. Когда очередная волна разбивалась о черные валуны внизу, наверх долетал громкий раскатистый грохот. В нем чувствовалась первозданная мощь, напоминание о неодолимой воле и брутальной силе Бога. Это было то место, где встречаются стихии: море, земля, небо.

Вернувшись, я разделся, лег прямо в ручей и позволил потоку теплой прозрачной пресной воды скользить по моей коже. Потом я намылился и снова лег в воду смыть пену.

Когда стемнело, я вернулся в дом, взял несколько торфяных брикетов и разжег огонь. Пламя бросало блики на стены, пульсируя как алое горячее сердце. Я наблюдал за узорами, возникавшими на поверхности стен, за ночными фантасмагориями, вызванными к жизни мерцанием пламени.

Потом я почувствовал, что проголодался. Я ничего не ел со времени моего завтрака у отца Кэссиди. Достав из холодильника несколько кусков холодной баранины, я посыпал их специями и засунул в печь. Почистил и поставил вариться картошку. Посыпал мясо мелко нарезанным луком и бросил на сковородку капусту.

Я люблю готовить и люблю по-настоящему хорошо поесть. Дома еда всегда была важной частью моей жизни. Это наиболее сильное выражение нашей культуры. И хотя в целом жизнь дублинского студента вполне устраивала меня, мне не хватало настоящей кулинарии. Рестораны получше были мне не по карману, так что я был вынужден готовить сам.

В сущности, я любил готовить. В нашей семье кухня, она же столовая, была центром событий. На самом деле это была скорее женская часть дома, но я не мог бороться с искушением и проводил там большую часть времени.

«Почему ты все время сидишь у нас? Вырастешь девчонкой. Иди играть с другими мальчиками».

Я считал это несправедливым. Очевидный пример дискриминации по гендерному признаку. Мне нравилось проводить время на кухне. Я с восхищением наблюдал, как представительницы слабого пола берутся за свою работу: перерезают горло цыплятам или уткам, несколько раз ударяют живого карпа о цементный пол, чтобы его оглушить, бросают извивающихся креветок в кипяток навстречу их беззвучной смерти. Женщины проделывали все это без тени брезгливости, даже когда держали обезглавленную курицу за шею, и в миску била живая горячая кровь.

Все эти убийства и мучения шли под непрерывный разговор о популярных актерах классической китайской оперы. Стараясь не пропустить ни слова, я слушал подробности скандалов, супружеских измен, слухов и сплетен. В своих набегах на кухню я не только научился готовить, но и выработал вкус к подробностям бесконечного спектакля человеческой жизни.

А шум, эта непрекращающаяся какофония кухни, где женщины резали и терли, толкли и жарили, месили и отбивали, смеялись и ругались. Иногда их язык был шокирующе груб, особенно если ругань исходила от какой-нибудь робкой кузины с глазами как сливы.

А запахи! Завораживающая смесь чеснока, чили, перца, гвоздики, корицы, кардамона, лука, лимона, тамаринда и креветочной пасты. Все эти запахи малайской кухни!

Я просто умирал от голода к тому моменту, когда пришло время вытаскивать из духовки скворчащие ломти баранины. Я с аппетитом поел, потом сделал себе чашку кофе и вышел на крыльцо.

Вокруг коттеджа постепенно сгустилась ночь. Не было ни Луны, ни звезд, и сначала я не мог различить ничего вокруг и пробирался наощупь, стараясь ступать как можно осторожнее. Я отошел от дома достаточно далеко и оказался в полной темноте. Окна коттеджа светились вдали, словно окна корабля призраков, плывущего в черном океане. Завороженный темнотой, я чувствовал себя бесконечно малой частицей по сравнению с безмерностью космоса, с безграничностью пространства, которое принадлежало мне не в большей степени, чем я сам принадлежал ему.

Сидя в темноте, я вдруг подумал, что, пожалуй, впервые в жизни по-настоящему остался один. Я не чувствовал себя одиноким, скорее, наслаждался уединением. Я представил себе, как голос свыше спрашивает меня: «Что ты хочешь этим сказать? Что ты хотел бы жить так вечно?»

Я ответил темноте этой теплой ласковой ночи, что даже если я заслужил только одну недолгую жизнь, я готов принять это.

Вернувшись в дом, я подбросил в очаг еще один брикет торфа и поворошил в огне каминными щипцами. Из камина начали вылетать искры, и скоро пламя весело запылало. Я налил себе полстакана потина отца Кэссиди и прилег на софу, как завороженный глядя на пламя. Постепенно мое тело расслабилось и утонуло в подушках, я наслаждался покоем, я ничего не делал. Ничего. Мои глаза оглядывали комнату, бесцельно, без напряжения, пока все образы и воспоминания не исчезли из моего сознания. Я чувствовал, что забываю вечный танец мира, его непрестанное вращение. Когда огонь постепенно догорел и погас совсем, и потом погасли угли, и в комнату вошла ночь, поглощенная собой, остановившая это мгновение и меня в нем, прежде чем я заснул, у меня мелькнула одна последняя мысль: «Наконец-то я здесь! Как хорошо!»

На следующее утро я проснулся с неодолимым желанием увидеть рассвет. Завернувшись в одеяло, чтобы не замерзнуть, я выбрался из дома. В предрассветных сумерках вершины горных пиков за домом начали окрашиваться алым. На острых, как лезвия, кромках высокой травы сверкала роса. Воздух был свеж и холоден, подобно обещанию рая. Постепенно света вокруг становилось все больше, мир открывался в своем неисчерпаемом изобилии. Серые камни стояли как стражи над зеленым морем лугов, в траве воодушевленно щебетали мелкие птицы, а вдали над океаном танцевал ветер. Вскоре поднялось солнце, и безоблачное небо протянулось во всех направлениях. Белые стены коттеджа сверкали под солнечными лучами.

Я умылся ледяной родниковой водой, вернулся в дом, надел шорты и желтую футболку. Приготовил молочную овсяную кашу, покрошил в нее яблоко. Сварил кофе и выпил его с тремя кусками ржаного хлеба. Позавтракав, я почувствовал, что готов к приключениям.

Это утро отличалось от предыдущих. Меня больше не стесняли никакие планы и распорядок дня. Время нашей жизни слишком часто расписано и организовано с целью достичь чего-либо, и тогда оно не предстает перед нами как самостоятельная ценность. Я думаю, нам следовало бы больше ценить свой жизненный путь сам по себе, нежели ту точку, куда он нас приводит. В подтверждение своей мысли я снял с руки часы и сунул их в рюкзак. Это принесло мне чувство неожиданного облегчения.

Выйдя наружу, я пошел босиком по траве, впитывая в себя первые, переполненные утренней магией моменты дня. Дойдя до океана, я взобрался на один из больших валунов, откуда было видно все побережье и бесконечные гребни прибоя, волна за волной разбивавшегося о берег. Я был восхищен величием и мощью окружавшей меня природы. Волны с размаху обрушивались на прибрежные камни, воздух вибрировал от их постоянного грохота, каждый новый удар волны поражал меня своей внезапностью и силой. Над валунами вырастали белые стены брызг и летящей вверх пены. Некоторое время я стоял на камне, завороженный движением водных масс. Какое восхитительное место! Оно как будто создано для того, чтобы читать вслух стихи!

Я быстро вернулся в коттедж и отыскал там сборник Дуинских элегий Рильке. Вскарабкавшись на прежнее место, я оглянулся вокруг, набрал полные легкие воздуха и начал:

«Если бы я возопил, кто вопль мой услышит в ангельских хорах? Какой херувим милосердный к сердцу меня привлечет? Я и сам бы не вынес света его. Ибо сама красота — только вестница страха, уже нестерпимого сердцу, и, трепеща, в ней разобраться пытаемся мы[*]. Каждый ангел нам страшен. Я поборю мой крик, отрекусь от соблазна темных рыданий. Ах, у кого попросить нам помощи? Не поможет ни ангел, ни смертный. Даже умные воры[†] уже понимают, как наша жизнь ненадежна, в мире рассудка, на неизменной земле. Но нам остается дерево у обрыва, к которому можно каждый день ходить на свиданье, и улица та же, что и вчера, и упрямая верность привычки, — ей хорошо, и она от нас не уходит. О, эта ночь, эта ночь, когда ветер

---

[*] Перевод Грейнема Ратгауза изменен в соответствии с тем, насколько автором текста был изменен перевод Стивена Митчелла. (Прим. перев.)

[†] Id.

пространств мировых режет нам лица,— она, желанная, также пребудет с нами, коварно-нежная, каждому сердцу горесть сулящая. Легче ль она для влюбленных? Ах, они сами в любви грозный свой жребий таят. Разве не знаешь ты этого? Брось же из рук пустоту в пространство, которым мы дышим: и, может быть, птицы новую вольную ширь властным прославят крылом.» Прочитав Первую элегию до конца по-английски, я попробовал прочесть ее в оригинале: «Вер, венн их шрие, хёрте мих денн аус дер энгел орднунген?»

Немецкого я не знал, и попытка громко читать стихи на неизвестном языке была похожа на то, как будто в первый раз надкусываешь странный экзотический фрукт. Иногда я с трудом перекрикивал агрессивный рев моря. Это был по-своему восхитительный диалог. Когда я окончил чтение, слова элегии, смешанные с шумом волн, все продолжали звучать у меня в ушах. И тогда я решил, что буду ходить к океану каждое утро. Какой замечательный способ начинать день! Каждое утро читать одну из элегий! Мой друг Райнер будет доволен.

Я присел на большой, плоский как стол камень и некоторое время наблюдал за морем, которое вздымалось и колыхалось, шевелясь как огромное животное. Из-за гребней гор поднялось солнце, я почувствовал всей спиной его тепло.

Скоро стало очень жарко. Я отправился обратно в дом. Пора было обедать. Я открыл банку сардин и съел их с хлебом и маслом. Выпив чашку кофе и выкурив сигарету, я пошел в спальню и достал «Обломова» Гончарова. С книгой в руках я лег на софу и начал читать.

Я всегда был благодарен издательству «Пингвин». Без этого незаменимого источника мое образование было бы неполным. Не только потому, что их вполне разумные цены были доступны студентам, но и потому, что выбор публикуемых авторов был достаточно авторитетен и говорил о хорошем вкусе издателя. Я уже начал составлять свою библиотеку: Конрад и Жид, Стендаль и Фолкнер, и не только классики, но и качественная современная литература, скажем, Ивлин Во или Набоков. Я не ограничивался поэзией и художественной прозой, мой круг чтения включал книги по философии, политике, истории, экономике.

Мне всегда доставляло особенное удовольствие просматривать полки с этими замечательными неброскими изданиями в скромных непритязательных обложках. Так я открыл для себя труды многих великих мыслителей и писателей. Но я не смог бы пользоваться плодами обучения в великом «пингвиновском университете», если бы любую книгу «Пингвина» нельзя было купить за цену, чуть-чуть превышающую цену самого дешевого обеда. Я любил листать их издания. Это было похоже на разговор с хорошим собеседником.

Мой «Обломов» был изрядно потрепан, я купил его за два шиллинга у букиниста на Колледж-стрит. Шрифт был мелким, а бумага слегка пожелтела. Я немедленно перенесся в Россию девятнадцатого века. Как и герой книги, я время от времени погружался в легкую дремоту, наслаждаясь покоем тихого полдня в загородном доме.

Когда я очнулся от череды легких снов, я не сразу осознал, где я. Какое это, в сущности, чудо, что я сижу в коттедже в Коннемаре и провожу замечательный день, читая великую русскую книгу! Мой дом в Малайзии показался мне отодвинутым в неизмеримую даль. Снова и снова ко мне возвращалась мысль о невозможности, невероятности того, что сейчас со мной происходит. Как я попал сюда? Какую это имеет связь с моим прошлым? Откуда я? И что будет со мной дальше?

Внезапно я понял, что то, что я сейчас переживаю, и есть бессознательный жребий и неодолимая страсть бродяг и странников и вечная загадка пилигримов. В один миг я осознал всю уникальность пройденного мной пути, и сам удивился. У меня вдруг пересохло в горле, и я налил себе воды. Aqua natura, H_2O, aqua miraculosa. Вода — это чудо. Я чувствовал, как холодная вода течет вниз по пищеводу, как она попадает в даньтянь, в поле эликсира, которое, согласно традиционной китайской системе цигун, находится в центре тела, на на два пальца ниже пупка. Потом я вернулся на софу и снова взялся за «Обломова». Да, замечательный способ проводить время. Следует всячески поддерживать испанский обычай устраивать сиесту, особенно после обеда. От этого приходишь в хорошее расположение духа, становишься здоровее и, несомненно, счастливее.

Я снова обратился к книге. Теперь герои и события «Обломова» наполнились для меня большей реальностью, чем всё, что я видел вокруг. Время от времени я бросал взгляд на залитое солнцем пространство за окном и безоблачное небо. Летний полдень манил выйти наружу, но мне не хотелось двигаться. Только когда мои глаза окончательно устали от мелкого шрифта и строчки начали расплываться, я с сожалением отложил книгу и вышел из дома. Солнечный свет снаружи был ослепителен, как миллион сверкающих алмазных лезвий, и я даже закрыл глаза руками.

Хотя до заката оставалось несколько часов, я решил не поддаваться искушению совершить дальний поход. Я слишком много суетился в последнее время. Все время куда-то бежал, стремился сделать как можно больше, жил, постоянно боясь что-либо упустить. Как, в сущности, нелепа эта суета. Сейчас я мог, наконец, остановиться и оглянуться. Вот именно.

> «Научи нас все принимать во внимание,
> Не беспокоясь.
> Научи нас быть тем, что мы есть».

В таком расположении духа я обошел дом кругом, стараясь дышать как можно медленнее и глубже. Я присел на землю там, где было лучше всего видно море, и понюхал выжженную солнцем траву. Небо было того глубокого синего цвета, который предвещает очень звездную ночь. Там, где луг обрывался, продолжало колыхаться и томно вздыхать море. Время остановилось.

Потом я захватил в коттедже бутылку пива и вернулся на прежнее место. В безоблачном небе солнце закатилось быстро, без сомнений и промедлений. Бог жизни, бог тепла и света. Я смотрел, как блестящий солнечный шар опустился за кромку темного океана, и потом на беспрестанную смену закатных красок. Я не уходил, пока не воцарилась ночь.

В доме я затопил торфяной очаг и приготовил ужин. Я никуда не спешил и делал все вдумчиво и внимательно, каждое мое движение находило смысл в себе самом, как во время танца.

Я снова проголодался, но ел медленно, смакуя каждый кусок. Тишина и мерцающий свет торфяного очага на белых стенах действовали на меня умиротворяюще. После ужина я вымыл тарелки и чашки и улегся на софу. Закурил сигарету и налил себе потина. Позже, в постели, я дальше читал «Обломова». Ночь была безмятежно тихой. Ничто мне не угрожало.

В детстве я боялся темноты переполненной непонятной жизнью тропической ночи, с ее звуками и запахами, со смутными, взмывающими высоко в воздух силуэтами местных демонов, известных своей свирепостью. Всё в этой кишащей животворной смеси жизни и смерти, гниения и разложения, было полно угрозы. Я боялся чудовищ, пожирающих детей, и спал с бойскаутским ножом под подушкой.

А сейчас — один, далеко за городом, в полной темноте, — я чувствовал себя абсолютно спокойно. Вскоре я уснул, и проснулся на рассвете, после череды блаженных, но не запоминающихся снов. Я натянул свитер, накинул одеяло как мексиканский серапе и вышел наружу. Было еще темно. Надо мной тонкая серебристая дуга месяца и сверкающие росчерки созвездий скользили в бесконечном безмолвном танце, эта ночная звездная хореография действовала на меня вдохновляюще и странно. Я не мог сказать, чувствую ли я себя бесконечно маленьким или бесконечно огромным. Я долго стоял под открытым небом, впитывая в себя безграничный мир ночи. Я растворился в нем, как и он растворился во мне — со всей своей смесью зачарованности и печали, своей до боли щемящей ясностью, своей тайной и волшебством.

Солнце постепенно вышло из-за гор — как явление Бога, приносящего свет и жизнь. Когда мир окончательно выступил из темноты, я вернулся в дом, забрался под одеяло и заснул. Проснувшись, я увидел, что день уже в разгаре, и мириады моих соседей на этом участке земли давно проснулись и оживились. Я совершил утреннее омовение в роднике, вода была еще ледяная. После завтрака я взял Рильке и отправился к морю. Волны по-прежнему яростно бились о берег, грохоча и поднимая облака пены, что меня снова восхитило и испугало. Неустанный напор океана. В благоприятное время в условленном месте я громко прочел Вторую элегию:

«Если б архангел теперь, там, за звездами, грозный,
К нам хотя бы на миг, спускаясь, приблизился, нашим
Собственным сердцебиеньем убиты мы были бы.
Кто вы?
Ночью могли бы влюбленные, если б умели,
Несказанное высказать. Ибо, кажется, все
Нас утаивает. Неподвижны деревья; дома,
Наши жилища, устойчивы. Только мы сами
Мимо проходим под стать воздушным теченьям.
Нас все замалчивает, как будто в согласии тайном,
Отчасти стыдясь, отчасти надеясь на что-то...»*

Весь мой сегодняшний день был повторением вчерашнего. Я делал примерно одно и то же: готовил завтрак, ел, готовил ленч, съедал его, долго сидел, созерцая небо и море, читал, дремал после полудня, пил чай, писал дневник, смотрел на море и небо, читал, готовил обед, обедал, сидел и читал «Обломова» и так далее. В этом были заданное направление, заведенная привычка, ритм. Теперь я больше не делал все это от беспокойства, от желания что-нибудь делать. Скорее, мной двигало понимание, что подлинная жизнь всегда течет по кругу, и каждый день ничем, в сущности, не отличается от вчерашнего. Как бы научиться жить с этим, просто жить? Не приходя в беспокойство или отчаяние, а наоборот, оставаясь живым, энергичным, радостным? Надолго ли хватит у меня сил переживать и выдерживать эту неизменность каждого дня? Это его беккетовское предложение?
Я видел, что продолжаю делать одно и тоже: дышать, есть, ложиться, вставать, писать, какать. И что так я и буду существовать до... До конца жизни. До того, как в один прекрасный день, или в один неудачный день, или, может быть, в одну прекрасную ночь, или в одну скверную ночь придет смерть. Смерть мне неизвестная, непознаваемая.
Так прошел день, потом второй. На третий день в условленном месте на берегу была прочитана Третья элегия, как и прежде, под постоянный гром волн. Я удивился, что побережье все еще существует. Волны должны были уже снести его, разбить вдребезги:

«...А внутри?
Кто внутри защитил бы его от родового потопа?
Ах, спящий, он был без присмотра; спал он,
Но в лихорадке, в бреду, как он сам в себя погружался!
Новый, пугливый, как он запутался сразу
В сокровенном свершенье, в присосках — усиках цепких,

---

* Перевод Владимира Микушевича.

В прообразах переплетенных, в отростках-удавах,
В хищных формах. Он им предавался. Любил их.
Внутренний мир свой любил, сокровенные дебри,
Девственный лес, где среди бурелома немого
Сердце его зеленело. Любил. Покидал, отправлялся
По своим же корням к могучим истокам,
Где крохотное рожденье его пережито уже.
В древнюю кровь он, влюбленный, нырял, погружаясь
В бездну, бушуя в провалах[*], где жуть залегла, пожравшая предков.

Любое

Страшилище знало его и встречало, приветливо щурясь...»

Я проводил в коттедже уже третий день, не покидая его окрестностей. Я ни с кем не разговаривал, не встретил ни одного человека. Значило ли это, что я превратился в отшельника? Чувствовал ли я себя обделенным? Отвергнутым? Или лучше было об этом не думать? Не является ли мышление формой страдания, когда мы знаем, что на самом деле не в состоянии ничему дать разумного объяснения? Зачем же тогда возникает мысль?

Дни проходили, как заведено, и так же проходили ночи. Я не был несчастлив. Но я не был толком и счастлив. Ничего не менялось. Я мог в любой момент уехать. Я мог уйти пешком, потом сесть в автобус, в поезд. У меня были деньги. Убирайся отсюда сию же секунду! Адью. Сайонара. Пока!

Проходил день за днем. Я был не в состоянии следить за временем, как ни старался. Три или четыре дня исчезли бесследно, как будто их не было. Время утекало у меня сквозь пальцы, его поток уносил меня, неодолимо. Наверное, могло быть и хуже, черт его знает. И только когда Четвертая, прочитанная мной под грохот валов, элегия, дерзко развернула над морем мой флаг, я, жестикулируя для усиления эффекта, взрычал как лев:

«...Всю смерть в себе носить еще до жизни,
И все же дальше жить, вот это
Неописуемо».[†]

Потом мне пришла в голову идея исследовать побережье вдали от коттеджа. После завтрака я уложил в рюкзак провизию для дальнего похода и отправился в путь. Я шел через покрытые жестким кустарником холмы, стараясь держать направление на север. В пути я не встретил никого, если не

---

[*] Перевод Владимира Микушевича изменен в соответствии с тем, насколько автором текста был изменен перевод Стивена Митчелла. (Прим. перев.)

[†] Id.

считать нескольких овец, пасшихся на полосках зеленой травы между каменистыми склонами. Одни из них были полностью поглощены едой, другие поднимали головы и провожали меня настороженными взглядами. Было тихо, если не считать их редкого блеяния и звука разбивающегося о камни моря.

Береговая линия уходила к северу. Солнце поднималось в зенит. Обливаясь потом, я изо всех сил старался не сбавлять шаг. Постепенно ландшафт начал меняться. Холмы сгладились, берег стал не таким каменистым, и вдруг, обогнув очередной холм, я увидел, что острые черные камни на берегу сменил мягкий белый песок. Передо мной был длинный, совершенно пустынный песчаный пляж. Пляж для меня одного.

Я сел на песок, потрогал его пальцем, потом снял ботинки и сразу почувствовал, какой он рассыпчатый и мягкий. Некоторое время я рассматривал бухту. Безмятежно спокойное море плескалось у берега. Белая чайка пересекла горизонт, почти не шевеля крыльями, неподвижно планируя в воздушных потоках.

Это была настоящая идиллия, пусть даже и случайная. Я чувствовал, как я счастлив оказаться здесь, именно в этой точке мира и именно в это время. Какая удивительная привилегия.

Эйлин Чонг

Сингапур

Моя подруга ведет машину в потоках дождя.
Мы ныряем не в ту развязку, но Сингапур
такой маленький, что все равно, куда ехать.

Она не знает адреса. Новый отель
маячит над пирсом. Я вижу тусклые фонари,
которых уже нет над бухтой. Слышу, как стучат копытами

давно умершие лошади, которые возят тележки,
полные мешков риса, сахара, специй. Рядом
изменилась даже линия берега. Я еще помню

доброе сморщенное лицо прабабки,
как оно вдруг всплывает из-за полок в глубине ее лавки.
Я теперь ношу ее нефритовые серьги,

тяжелые, темно-зеленые с золотом, чьи дужки
одновременно проходят сквозь ее и сквозь мою плоть. А бабушке
завтра исполнится восемьдесят. Это кольцо

я привезла для нее: сапфир в алмазной оправе.
Такие камни легче достать в Австралии,
чем настоящий нефрит, особенно старый. Мы тормозим

у Ботанического сада, где влажная дымка
оседает на кронах деревьев. Я вижу себя в мокрых улицах.
Мне три года, семь, двадцать. Как будто я не уезжала.

Интервью с Элвином Пангом

*В каких отношениях находятся сейчас в Сингапуре поэтическая суб-
культура и культурный и идеологический мэйнстрим?*

Сингапур стал независимым в 1965 году, после долгого периода бри-
танского колониального правления и нескольких проблематичных лет
в составе Малайзии. Население же тогда состояло в основном из иммигран-
тов из разных частей Азии. Поэтому на наших писателей традиционно воз-
лагалось тяжкое бремя: создавать и поддерживать национальную идентичность и национальную культуру. Эта роль открывала определенные возможности, но за них приходилось платить. К тому же, важным для нации все
равно считались, прежде всего, экономика и поддержание порядка
в обществе. Место поэзии в этой системе было довольно скромным. Книгу
талантливого автора печатали тиражом в 1-2 тысячи экземпляров,
не больше, и это в городе, где более пяти миллионов жителей. И возникала
дилемма — либо добиваться материального достатка, становясь государ-
ственным лауреатом и ходя на разные национальные мероприятия, либо
развивать свои художественные, интеллектуальные и творческие способности на пути сопротивления, критики или интровертности. Эта разница оче-
видна, если сравнить литературу периода «национального строительства»
60-х и 70-х годов с тем, что начали писать позже. В 90-е молодых поэтов
часто обвиняли в «уходе в свой внутренний мир» и «потере интереса
к общественным вопросам». Но сегодня, в атмосфере, когда персональное,
в свою очередь, сильно политизировано, совершенно естественно, что писатели, артисты, поэты хотят отвоевать часть городского и культурного пространства для себя.

*Однажды Вы упомянули «секс, язык и религию» как основные сферы,
которые следует вывести из-под влияния господствующего политического дискурса. Насколько эту программу удалось выполнить?*

Результаты распределились неравномерно. Нам удалось ввести
в печать и в сферу публичного обсуждения такие темы, как гендерная про-
блематика или дискриминация сексуальных меньшинств. Язык больше
не проблема, однако идут дебаты вокруг темы перевода (у нас четыре языка, но мало контактов между их носителями). Кроме того, синглиш, наш
уличный диалект английского, подавляется правительством как
не подходящий для бизнеса. Религия — серьезное табу. Здесь стоят жест-

кие рамки, что и как может быть высказано, но и тут вызовы общественному вкусу хотя и не поощряются, но не обязательно преследуются. У нас есть антиклерикальная сатира, но есть и сугубо духовные тексты. В целом это очень разнообразная сцена. Государство современную литературу иногда поддерживает, но одновременно ограничивает нам доступ в школы и к медиа. Конечно, интернет все это меняет. Так что я оптимист — по крайней мере, у нас есть поле деятельности.

Официальная культурная политика пропагандирует образ Сингапура не только как технологически и экономически развитого общества, но и как центра современного искусства и культуры. Что Вы об этом думаете?

Конечно, Сингапур — интересный город, и он мог бы быть еще интереснее, если бы мы избавились от своего застарелого консерватизма. Даже коммерческие арт-шоу вполне могут быть раскованными и захватывающими — но не ищите ничего революционного в наших государственных музеях. Мы находимся на перекрестке всех дорог и могли бы брать лучшее и от Запада и от Востока, тем более что сингапурцы сейчас уже достаточно обеспечены и информированы, чтобы выработался навык отличать первоклассные вещи, в том числе и в искусстве. Но здесь мы сами себе враги, потому что не верим в свои силы и часто просто предоставляем площадку, но не предлагаем ничего сами. Кроме того, официальная версия Сингапура рассчитана на туристов, причем туристов определенного типа, которых интересуют магазины, высотки и казино. Они не видят того, что действительно интересно в этом многослойном городе: это множество культурных фестивалей и традиций, это тихие улочки, полузабытые переулки и лавки, старая архитектура, звери и птицы. В путеводителях вас атакует чудовищный гламур, но если вы оторвете глаза от брошюр, вы увидите активно сопротивляющуюся, упрямую жизнь. Она есть в наших стихах и фильмах.

Что значит для Вас создавать городской текст?

В городах живет более 50 процентов человечества. Впервые в истории человек стал городским животным, поэтому нет смысла больше опираться на оставшиеся от XIX века модели возвращения к пасторальности. Мы горожане, что бы это ни значило. Однако город — это не только железобетонные конструкции или центры политической и экономической власти. Городские сообщества живут своими собственными ритмами, у них есть свои солнечные и теневые стороны. В каком-то смысле здесь нужен новый вид поэзии — поэзия, которая могла бы чувствовать себя дома в разных частях города, в разных сообществах, разных эмоциональных, психологических, социальных моделях жизни и поведения, в разных культурных и исторических пространствах. Отчасти поэтому я помогал составлять сборник «Только этот город: Антология урбанистической поэзии» и назвал свою вторую книгу «Город дождя». То, как мы живем, кого мы любим, что все это значит, должно быть выражено в контексте нашей городской повседневности. Плюс у каждого города своя карта, мы не можем взять карту Нью-Йорка или Москвы, мы рисуем свою. Это увлекательно.

Как на Вашу поэзию (и на Вашу жизнь как поэта) влияет многонациональность и мультикультурность Сингапура?

Очень серьезным влиянием была региональная китайская культура моей семьи, она отличается от стандартной китайской, преподаваемой в школе и принятой в мире бизнеса. Наши региональные «диалекты» (в сущности, это отдельные языки) сильно подавлялись, это одна из причин, почему я стал писать не на стандартном китайском, а на относительно нейтральном литературном английском. Язык моей семьи у меня отобрали, но структуры мышления остались, они проявляются и в литературном, и в повседневном уличном английском. Это сложная тема, но, суммируя, можно сказать, что мультикультурность научила меня скептическому отношению к идеологиям (политическим, культурным или религиозным) и умению радоваться многообразию мира. Вокруг столько позитивного и продуктивного разнообразия! Некоторые назовут это отсутствием корней, но я вижу в такой позиции свою сильную сторону. В стихах я сильно варьирую стили и темы — я привык всегда иметь выбор и активно выбирать, будь то одежда, кулинария или точка зрения, — и инстинктивно сопротивляюсь любым попыткам запереть меня в каком-то одном, кем-то отведенном для меня месте.

Можно ли сказать, что Сингапур — это столица без провинции? Есть ли среди сингапурских поэтов тенденция искать чего-то нового или иного за пределами города, и если да, то где?

Наши поэты очень сильно чувствуют, что Сингапур — город и одновременно остров. Помимо реальностей города наша литература постоянно исследует темы замкнутости и желания вырваться, того, что значит быть в пути, что значит сравнивать разные миры, что такое чувство безграничности в противовес ограниченному городскому пространству. Я часто писал о жизни в транзите, об ощущении отрыва от места, времени, идентичности как о состоянии, где возникает искусство, хотя бы даже от скуки. Есть пара авторов, исследующих свои мистические связи с регионом, например с Малайзией, другие особенно сильно отстаивают свою сингапурскую идентичность, но в целом наша поэзия инстинктивно повернута в сторону глобальности — может быть, не вполне осознанно. Внешний мир (хотя бы как абстракция) всегда рядом, у нас нет другого выхода, кроме как отвечать ему тем или иным образом, даже если это порой провоцирует ожесточенную и нарочитую ограниченность. Кто мы такие, в этом мире никак не предзадано, мы должны постоянно находить свои основы и ориентиры в контексте всегда более широком, чем наш собственный.

Мои друзья много путешествуют, мы были в Скандинавии, Южной Африке, США, Австралии, Европе и во многих местах в Азии. И после каждого фестиваля мы привозим что-то с собой, стихи до сих пор неизвестного поэта или какой-нибудь новый для себя литературный прием. Я думаю, мы оказались в особом положении, получив доступ к мировой литературе еще до того, как у нас толком сформировалась национальная. Я могу взять тексты из Ирана или Словении, использовать все многообразие форм от итальянского сонета до корейского коана и — вот что важно — открыть в них то, что созвучно, что имеет значение, с чем я могу дальше развивать свои идеи. Мировая поэзия дает нам слова, которые мы впервые применяем для себя, и чем шире эта палитра, тем лучше. Речь идет не просто о коллаже или эстетических заимствованиях. В конце концов из этого получается нечто органичное, нечто расширяющее базу моего поэтического опыта, нашего переживания того, кто мы и что мы в этом взаимосвязанном мире.

Об авторах

Элвин Панг (Alvin Pang) — сингапурский поэт и организатор литературного процесса. Родился в 1972 году. Окончил Йоркский университет со специализацией по английской литературе. Опубликовал книги стихов «Testing the Silence» (1997) и «City of Rain» (2003). Составитель антологии городской поэзии Сингапура «No Other City» (2000, совместно с Аароном Ли), сингапурско-австралийской поэтической антологии «Over There» (2008, совместно с Джоном Кинселлой), сингапурско-итальянской антологии молодых поэтов «Double Skin» (2009, совместно с Тициано Фратусом), антологии современной сингапурской литературы «Tumasik» (2009) и других изданий, основатель нескольких интернет-проектов, посвящённых новейшей сингапурской литературе. Лауреат Сингапурской молодёжной премии в области искусства и культуры (2007). Вебсайт: verbosity.net

Кори Тан (Corrie Tan) — участница альманаха молодой сингапурской литературы Ceriph (Nr. 4).

То Хсиен Мин (Toh Hsien Min) — поэт, главный редактор журнала QLRS. Родился в 1975 году. Учился в Оксфорде, был председателем поэтического общества Оксфордского университета. Опубликовал книги стихов «Iambus» (1994), «The Enclosure of Love» (2001) и «Means to an End» (2008). Работает в финансовой индустрии. Вебсайт: qlrs.com

Энг Си Цзе (Ng Xi Jie) — сингапурская художница, иллюстратор, автор короткометражных фильмов. Выступает с перформансами и разрабатывает художественные программы для людей старшего возраста. Ее работы были представлены на фестивалях «Singapore Arts Festival» (2011) и «Singapore Night Festival» (2013). Участница альманаха молодой сингапурской литературы Ceriph (Nr. 4). Вебсайт: saltythunder.net, rustyjohnlemonsnare.com

Сирил Вонг (Cyril Wong) — сингапурский поэт. Родился в 1977 году. Окончил Сингапурский Национальный Университет по специальности «английская литература». Автор десяти книг стихов, в том числе «tilting our plates to catch the light» (2008) и «You cannot count smoke» (2011) и книги волшебных сказок для взрослых «Let Me Tell You Something About That Night» (2009). Его стихи широко публиковались в международных поэтических журналах и антологиях, включая «Chinese Erotic Poems» (2007) и «Language for a New Century: Contemporary Poetry from the Middle East, Asia, and Beyond» (2008). Лауреат Литературной Премии Сингапура за 2006 год. Вебсайт: www.cyrilwong.org, www.softblow.org

Джайянти Санкар (Jayanthi Sankar) — сингапурская писательница индийского происхождения. Родилась в 1962 году. Живет в Сингапуре с 1990 года. Пишет в основном по-тамильски. Автор более двадцати книг, в том числе шести сборников коротких рассказов и четырех романов. Лауреат Литературной Премии Сингапура за 2008 год.

Эстер Винсен (Esther Vincent) — участница альманаха молодой сингапурской литературы Ceriph (Nr. 4).

Адам Лью (Adam Liew) — участник альманаха молодой сингапурской литературы Ceriph (Nr. 4).

Андреа Анг (Andrea Ang) — участница альманаха молодой сингапурской литературы Ceriph (Nr. 4).

Party Action People — коллектив поэтического перформанса, организованный в 2012 году сингапурским поэтом Энг И-Шеном.

Энг И-Шен (Ng Yi-Sheng) — поэт, активный участник сингапурского литературного процесса. Родился в 1980 году. Автор книги стихов «last boy» (2006, 2008) и сборника «SQ21: Singapore Queers in the 21st Century» (2006). Его стихи широко публиковались в поэтических журналах и антологиях. Ведет блог: lastboy.blogspot.com

Го По Сэн (Goh Poh Seng) — сингапурский поэт, прозаик, драматург. Родился в 1936 году. Автор четырех романов и пяти книг стихов, лауреат литературных премий 1976, 1983 и 1996 годов. С 1986 года жил в Канаде. Скончался 10 января 2010 года в Ванкувере. Вебсайт, посвященный его жизни и творчеству: gohpohseng.wordpress.com

Эйлин Чонг (Eileen Chong) — поэтесса сингапурского происхождения, живет в Австралии. Родилась в 1980 году. Публикует стихи в австралийских и сингапурских поэтических журналах. Автор книги стихов «Burning Rice» (2012), вышедшей в издательстве Australian Poetry Ltd.

Переводчик глубоко благодарен всем, кто сделал появление этого сборника возможным: Виктории Балон, Наталье Кирилловой, Дмитрию Кузьмину, Илье Кукулину, Вэй Фэнь Ли, Элвину Пангу, Елене Сунцовой, То Хсиен Мину, Энг И-Шену. Хотелось бы также выразить благодарность семье и наследникам Го По Сэна за разрешение на перевод и публикацию фрагмента его воспоминаний «Побережье».

СОДЕРЖАНИЕ

От переводчика 5

Элвин Панг. Поехать в С-пур 9
Кори Тан. Кто-то скажет, во льду 12
Энг Си Цзе. $тратегические КПЭ x %Синергия% = Любовь 15
То Хсиен Мин. Месяц голодных духов 31
    Отдел кадров в период кризиса 32
Сирил Вонг. Закрой все окна 33
    Облака 33
    «Мы сидим в машине, двое мужчин...» 34
Джайянти Санкар. Читать в Сингапуре! 36
Эстер Винсен. Простите, кто вы по национальности? 40
Адам Лью. Космический Латте, вертикально вверх 43
Андреа Анг. Черная звезда 45
Party Action People. Оккупируй меня! 50
Энг И-Шен. Из «Последнего искушения Стэмфорда Раффлза» ...52
Элвин Панг. Ода для Трои, или Ирака, или для кого-то еще 58
    hy(hytechbrid)brid 59
    «Милый мой, ты рад?» 60
    Терпение 61
    «Да нет, все хорошо...» 61
    Песня расставания 62
    Вера 63
    Теперь о другом 63
Го По Сэн. Побережье 65
Эйлин Чонг. Сингапур 89

Вместо послесловия. Интервью с Элвином Пангом 90
Об авторах 94